聖なる地球のつどいかな

ゲーリー・スナイダー　山尾三省

野草社

写真・高野建三　ブックデザイン・松澤政昭

30年ぶりの再会を喜ぶゲーリー・スナイダーと山尾三省

アメリカ現代詩の重鎮として、米国での氏の影響力は計りしれないものがある

日々の暮らしの中にこそ「すべての真実」があると語る、詩人、山尾三省

オークや松が豊かに繁るシエラの森

山尾三省が住む屋久島北東部。白川山を流れる一湊川

目次

詩

はじめに

山尾三省

私たちはこれからどのように生きてゆけばよいのか。
私たちの社会は、現在を踏まえてこれからどのように展開したらよいのか。
私たちの世界は、すでにはじまっている新たなる千年紀に向けてどのようなヴィジョンを持つことができるのか。

物事をまじめに考え、人生を真剣に生きている人であれば、この三つにして一つ、一つにして三つの問いから逃れることはできないだろう。

価値観が多様化した現代にあっては、その問いに対する答えもまた多様であり、様々な分野からのそれに応じた解答、つまり思想が提出されてきてはいるが、私の見る限りにおいては、総体としてのこの文明の未来に希望は少なく、むしろ暗いものであるとしたローマクラブの報告をはじめとする環境思想の数々こそは、事実に即したこの時代の最深の警告であり、思想でもあると思う。

私たちそのものである、個人、社会、世界の現在及び未来に希望は少なく、むしろ暗いものであることが明らかになってきたことは、しかしながら、私たちに未来も希望もないことを意味しているのではない。その逆で、総体としてのこの文明の方向性、つまり私たち個人及びその社会、この世界の在り方を大きく変化させてゆくことによってこそ、新しい希望と明るさがあらためて獲得されることをそれは意味しているのである。

ゲーリー・スナイダーはこの対談のいちばん終りで、

「私は今まで、詩やエッセイを長いこと書き続け、いろいろな活動もしてきました。たまに人に〈たぶん君が勝つことはないだろうよ〉などと言われたりするんです。そんな時は、私は、〈勝つためにやってるんじゃないんですよ〉と答えるんです。〈正しいことだからやっているんですよ〉と、答えるようにしているんです」

と、アメリカインディアンのように真率に語っているが、その意味するところはこの上なく深い。

アメリカ現代詩の一大潮流であったビート派の詩人として、アレン・ギンズバーグ等と共にその人生と詩を展開してきたゲーリー・スナイダーは、シエラネバダの山中に住むようになった一九七〇年代から次第に〈場〉《プレイス》の感覚を深めて、生命地域主義《バイオリージョナリズム》という新しい世界観を確立するに到った。

一方で僕は、同じ七〇年代の後半から鹿児島県の屋久島に移り住み、僕なりの仕方で〈場〉《プレイス》の感覚を深めつつ、地域即地球、地球即地域という世界観を身につけるようになった。

このほぼ三〇年間、シエラネバダと屋久島に距て住んで、僕達は逢うことも文通することもなかったが、〈場〉《プレイス》、という全生物にとって逃れることのできない事実＝真実に直面することによって、その深みから新しい希望を発掘する作業を、それぞれの場において続けていたことになる。

二年ほど前（一九九六年）、読売新聞社の招きで来日したゲーリー・スナイダーの講演抄録を、たまたま読む機会があった。その中で彼は、生命地域主義、という言葉をキーワードとして使っていた。

その言葉に接した時、先達であり旧友でもあるゲーリー・スナイダーの現在歩いている道の全貌が、僕には一瞬にして発光して理解された。

一九六〇年代、七〇年代という激動の時代を経て、ひとたびはしぼんでしまったかの如き、〈自己、社会、世界を変革する〉という深い意志と詩《うた》が、その生命地域主義という一語から、真っすぐに伝えられてきたからである。

ゲーリーに再会したいと、その時に僕は強く願った。有難いことにその願いがかない、こうして一冊の本にまとめることができた。この本のテーマは、最初に記したように、

私たちはこれからどのように生きてゆけばよいのか、

私たちの社会は、現在を踏まえてこれからどのように展開したらよいのか、
私たちの世界は、すでにはじまっている新たなる千年紀に向けてどのようなヴィジョンを持つことができるのか、
という自らへの問いと解答を、お互いに確認し合ったものと考えている。

第一章

私たちはなぜそこに住むようになったのか

スナイダー　三省、本当によく来たね！　こうして会うのは何十年ぶりだろう？

山尾　ほぼ三〇年ぶりですね。まさか、このアメリカでお会いできるとは思いませんでした。感激です。

スナイダー　私もとってもうれしい。昔の友人がこうしてシエラの山の中までやって来てくれて。三省、変わらないね、昔と。

山尾　そんなことないですよ。もう五九歳になりますよ。最後にお会いしたのは、東京だったか京都だったか。お互いにまだ充分に若かったですね。ご一緒に何日間かかけて奈良の大峰山を縦走したこと、開君[*1]の誕生パーティーにヒッチハイクで東京から京都まで徹夜で行ったこと、紫野のお宅の近くの川で、皆で禊《みそぎ》をしたこと、それから東京・新宿の安田生命ホール[*2]で、たぶん日本で最初のポエトリー・リーディングの集まりを持ったことなど、忘れられないことがたくさんあります。一九六〇年代末のあの頃から、今思えば自分の本当の人生がはじまったのです。そういえば、国分寺の「エメラルド色のそよ風族」[*3]の館にもゲーリーは一度来てくれましたね。「Why Tribe」(なぜ部族か)[*4]というエッセイを『部族』[*5]という新聞に寄稿してくださっ

*1
開君 (Kai Snyder 一九六八～) 京都生まれ。スナイダーの長男。

*2
安田生命ホールでの朗読会 一九六七年四月一七日に新宿の安田生命ホールで開催された詩の朗読会。ゲーリー・スナイダー、サカキ・ナナオ、山尾三省、長沢哲夫などが作品を朗読した。

*3
エメラルド色のそよ風族 一九六〇年代後半から七〇年代にかけて運動を展開した「部族」のひとつ。東京・国分寺を中心に活動した。

*4
"Why Tribe" スナイダーのエッセイで、アメリカの部族に関するヴィジョンを語るもの。『地球家族』(*Earth House Hold* 一九六九) 所収。

*5

た頃のことです。日本においての対抗文化《カウンターカルチャー》*6の流れはゲーリーやアレン・ギンズバーグ*7との出会いを通して確立されたのだと思っています。

スナイダー　三省はいま屋久島に住んでいるの？　三省とはじめて会ったのはどこだったんだろうね。あの頃は、富士見やトカラ列島の諏訪之瀬島などにあった部族の家でいろんな出会いがあったね。はじめて会ったのは、東京から電車で四〇分ほどのところにあった大きな家だったような気がする。それが国分寺の館だったのかもしれないね。そこに二、三泊した覚えがあります……。あのころはほんとうに楽しかった。

山尾　そう、楽しい時でした。その後七年ほど東京・五日市の山の中で暮らしてから屋久島に移り住みました。屋久島に住んで二〇年を超しました。

スナイダー　今回の対談を私はとても楽しみにしているんですが、H・D・ソロー*8が『森の生活』の中で最初に、「私がどこに住んだか、なぜそこに住むようになったか、ということを話したい」というくだりがあります。私たちもまずそこから出発してみましょうか。きっといろいろな話題が出てくると思います。

山尾　アメリカのシエラネバダ*9に住むということと、日本の屋久島に住む

部族
一九六〇年代後半から始まった、日本における対抗文化の呼称。サカキ・ナナオ、山尾三省、長沢哲夫等が中心となった。厳密な意味での組織体ではなく、ゆるやかな運動体で、近代工業文明を批判し、オールタナティブな生き方を模索した。「がじゅまるの夢族」（諏訪之瀬島）、「エメラルド色のそよ風族」（国分寺）、「雷赤鳥族」（富士見）などの「部族」が知られていた。一九六〇年代後半にスナイダーは、諏訪之瀬島の部族のアシュラムで生活したことがある。

*6
対抗文化（カウンターカルチャー）
一九六〇年代のアメリカを中心に展開された若い世代の運動。反体制、反物質文明、反戦、反近代工業文明を旗印に、新たな文化、生き方を模索した。

ということの共通性、そしてそれぞれの文化の基底に流れるものをこの対談で探し当てることができればと考えています。

スナイダー 特に文化の未来に対して力になるような話ができるといいですね。

山尾 賛成です。

スナイダー それでは話をはじめましょうか。まず三省が屋久島に住みはじめたのは何年?

山尾 一九七七年です。

スナイダー その前は?

山尾 東京の五日市にいました。

スナイダー 屋久島へは、家族で行ったんですか?

山尾 はい。もちろんです。

スナイダー 子供は?

山尾 当時は三人いました。

スナイダー 今は?

山尾 引き取って育てた子供も含めて、九人ですね。

＊7

アレン・ギンズバーグ(Allen Ginsberg 一九二六〜一九九七)ニュージャージー生まれ。「ビート・ジェネレーション」を代表する詩人で、代表作は『吠える』(一九五六)や『キャディッシュ』(一九六一)など。『アメリカの没落』(一九七二)で全米図書賞受賞。スナイダーの盟友であった。

＊8

H・D・ソロー(Henry David Thoreau 一八一七〜一八六二)代表作は『森の生活』(*Walden* 一八五四)。その生き方や自然観は多くの二〇世紀の詩人や作家に大きな影響を与えた。また、政治的にはガンジーやマーチン・ルーサー・キング牧師の抵抗運動にも多大な影響を及ぼした。ネイチャーライティングの源流をなす作家。

＊9

シエラネバダ

カリフォルニア中央渓谷の東

スナイダー　それはすごい。
山尾　それほどではありませんが……。
スナイダー　すごいことだよ。でもどうして屋久島に住もうと思ったの？
山尾　実は屋久島に行く前の七三年から七四年にかけて、家族五人でインド・ネパールの聖地巡礼の旅に行ったんです。
スナイダー　そうでしたね。
山尾　一年間だけですけど。
スナイダー　一年は長かったでしょう。
山尾　ちょっと長かったですね。
スナイダー　元気で過ごせましたか？
山尾　ええ。できればもっと長くいたかったけど、子供の学校を一年間の約束で休学させて行ったので、戻ってきたんです。屋久島を最初に訪ねたのはそのインド・ネパールの巡礼に出る前の年で、七二年だったと思います。その時にも住む土地を探しに屋久島へ行ったんです。

　ある開拓部落に一晩泊めてもらいました。十二月でした。その家のお爺さんから焼酎をふるまわれて、話を聞いていると、この島には樹齢が七二〇〇

側を走る大山脈。スナイダーはその西側山麓の森に住んでいる。かつて、ジョン・ミューアはシエラネバダを「光の山脈」と呼び、その美しさを称えた。

晴耕雨読の日々。裏の畑を開墾する山尾三省

年の杉が自生している、と言われました。その夜は大雨で停電してしまい、ローソクの光の中でその話を聞いたんです。

スナイダー　七二〇〇年……。

山尾　その話を聞いて寝たんですが、その家には孫がいました。生まれたばかりでちょうど生後一週間だったんです。日本ではお七夜と言います。

スナイダー　お七夜ね。

山尾　そのお七夜の夜でした。家の外も内も真っ暗で大雨降りでしょう。それで時々、その闇の中から赤ちゃんの泣き声が聞こえてくるんです。その晩は眠れず、僕は七二〇〇年の杉のことを考えていました。するとその杉が、「おまえはこの島に住みなさい」と言うわけです。

スナイダー　ほう。

山尾　もちろん、本当の声ではありません。そういう気持ちがしたんです。それで僕はその島に住みたい、と思ったのです。

スナイダー　いい話だねえ。

山尾　僕はずっと、どこか島に住みたいと思っていました。それ以前に一年ほど、もっと南にある与論島という珊瑚礁のリーフに囲まれた島に住んでいたこともありました。

スナイダー　与論島は小さいでしょう？

山尾　ええ、小さいですね。そしてあそこには山がないんです。それで一年もすると、さすがの美しい海にもあきてしまって、山のない島には住めないことを知りました。別の場所を探しはじめて、屋久島でその大きな杉の話を聞いて、ここだったら住める、と感じたのです。けれども、その旅ではけっきょく土地は見つからず、そのままインド・ネパールの旅に出てしまいました。ところが、その旅を終えて東京に戻ってきた次の日に、屋久島から土地を提供しようという人が現われた、という知らせを聞きました。「屋久島を守る会」*10というエコロジカルなグループの人たちからです。屋久島が呼んでくれているのだと直感して、移住する決心をしました。けれども妻が病気で倒れたりして、実際に移り住んだのは七七年の春になりました。

スナイダー　屋久島ではだいたいどのように暮らしましたか？　いろいろな質問があるんですよ。家は建てましたか？

山尾　「屋久島を守る会」というグループの人たちが呼んでくれたんですが、その人たちが自分たちの手で家を建ててくれました。

*10
屋久島を守る会
一九七〇年代の前半に、兵頭昌明、柴鉄生等が中心になって発足させた。屋久島の国有林を、林野庁による皆伐と植林方式の経営から守ることを主眼とした、島民による地域保全運動。その活動が、結果として一九九三年のユネスコによる屋久島の世界自然遺産への指定をもたらしたと言える。

スナイダー　建ててくれたの？

山尾　はい。古い家を解体して建て直した、小さいけれど伝統的な様式の、頑丈な家です。

スナイダー　いいねえ。その人たちが三省を呼んだというのは、三省の詩とか作品を読んだあとから？

山尾　その頃はまだ本は出していませんでしたから、詩を読んだわけではないでしょう。ただ、「部族」の活動がありましたから、そのことは当然耳に入っていたと思います。

スナイダー　ナナオ*11も昔、屋久島に行ったんじゃないかな？

山尾　僕らが行った頃よりもずっと前です。おそらく五年ほど前でしょう。

スナイダー　家を造ってからどうしましたか？

山尾　開墾して、畑作りからですね。私たちの入ったその場所には、昔、小さな村があったんですが、廃村になってすでに一二年ぐらいたっていました。ですから、畑全体が山に還りつつあったわけです。貸してもらえる畑を借りて、それをもう一回、山鋸《やまのこ》と鉈《なた》と山鍬《やまぐわ》で畑に戻そうと。僕たちが提供されたのは険しい急斜面の山が主ですが、面積は一三町歩（一三万平方メートル）

*11
ナナオ（サカキ・ナナオ　榊七夫　一九二三〜二〇〇八）鹿児島県東郷町生まれの詩人。戦後、日本と世界各地を放浪、一九六〇年代以降の日本の対抗文化のリーダーのひとり。作品集に『犬も歩けば』（野草社、一九八三）、*Break the Mirror*（サンフランシスコ、ノース・ポイント社、一九八七）など。

もありました。急斜面といえども、それだけの山があれば、そこにまた新しい小さな村を作れるかもしれない、と僕は考えました。実際のところ、それから二〇年たった今は、一六世帯五〇人ほどの新しい人が住む、小さな村ができてきました。

スナイダー　その村は戦後に廃村になったのですか？

山尾　戦後です。六〇年代ですね。六四年が東京オリンピックの年でテレビが日本中にパーっと広がりました。ところがこの村は山が深いし谷間ですから、テレビの電波が届かないんです。それとその年に大きな土石流がその谷で起きて、家が何軒か流失したそうです。土石流は来るし、テレビも見ることができないと言って皆町に降りてしまった。

スナイダー　それで廃村に？

山尾　そう聞いています。

スナイダー　かつて住んでいた人たちは林業か何かをやってたんですか？

山尾　ええ、林業をやったり、豚を飼ったり、あとはさつまいもの栽培ですね。

スナイダー　トカラ列島*12の人のように？

*12 **トカラ列島**　屋久島と奄美大島の中間にある火山列島。諏訪之瀬島もこの島群に含まれる。

ホラ貝を吹くスナイダー

50年代製の小型トラック。スナイダーの愛用車だった

山尾　はい。炭焼きとかもやっていましたね。
スナイダー　炭焼きは何の木でやっていたんですか？
山尾　樫の仲間や、椎などの照葉樹のあれこれです。
スナイダー　三省はずっと同じ家に住んでいるの？
山尾　同じ家です。小さな家ですけど。
スナイダー　それで三省は村の人になることができましたか？
山尾　それはとても難しい質問ですね。
スナイダー　村に届け出はしたんですか？
山尾　もちろんです。
スナイダー　村の住民として、住民登録以外にも何か登録するものがありますね？
山尾　本籍のことですか？
スナイダー　そう、それです。本籍のことです。三省は本籍を移しましたか？
山尾　いえ、本籍は東京にあります。東京が生まれ故郷ですから。
スナイダー　東京ですか。日本にはふたつ住所があるんですよね。日本社会のたいへん面白いところだと思います。

山尾　それに関することですが、墓を作ったんです。妻が一〇年前に屋久島で亡くなりまして、僕たちの新しい小さな村の中に自分たちで町議会と県の認可をもらって墓地と墓を作りました。

スナイダー　そうですか。

山尾　本籍は別として、墓を作った段階で多くの島人たちが僕たちを屋久島の人間として認めるようになってきましたね。日本語ではそれを、骨を埋める、と表現します。それ以来、僕たちは村人というか、島人になったと言えると思います。というのは、僕はむろん最初から村の人になるつもりで移り住んだんですが、島の人の方からは、そのようには認めてくれなかったのですね。

スナイダー　なるほど、そうですか。確か屋久島で子供ができましたよね。本籍はどこにしたんですか？

山尾　子供たちの本籍は法律上やはり東京になります。

スナイダー　父親の本籍ですか？

山尾　ええ。

スナイダー　面白いですね。その本籍の問題はとても重要なことだと思うんです。本籍によって、実際に自分の場所がどこであるかということが決まってきます。

山尾　そういうところも確かにありますね。

スナイダー　中国の三世、四世の中にはまだ自分の親の故郷がどこであるのかということをわかっている人がいます。マキシーン・ホン・キングストン＊13という有名なアメリカ人作家が中国に行った時に、土地の人が「あなたはこの村の出身です。そして、まだここにあなたの土地があるはずですよ」と言われたそうです。その土地の人は心配していたんですね。そしたら彼女は「もしここに私の土地があるなら、あなたにおあげしますよ」と言ったそうです（笑）。こういうことは、とても古いアジア的態度なのかもしれません。たぶん古いヨーロッパ的な考え方でもあるかもしれません。自分はいったいどこの人かということを問いかけてきますね。これまで私がエッセイで書き続けてきたことですが、アメリカ人の場合は、古い故郷であるヨーロッパの村というものを忘れなければいけないと思います。もう関係ないんですから。日本人にとっては、この問題はそんなに重要なことではないかもしれません

＊13
マキシーン・ホン・キングストン（Maxine Hong Kingston 一九四〇〜）
カリフォルニア生まれの中国系作家。代表作に *The Woman Warrior*（一九七六）や *China Men*（一九八〇）などがある。最も著名なアジア系アメリカ作家の一人。

が、アメリカ人の場合はヨーロッパとかアフリカ、アジアとのつながりを考えると、そういう古い心理的なつながりを断ち切って実際に北アメリカの住人にならなければいけないんです。私たちの場合は「ネイティブ・オブ・タートル・アイランド〈亀の島（Turtle Island）の住人〉＊14」になるということです。「亀の島の住人」になるということ、それが実際に私が言いたいことなんです。

山尾　わかります。僕の場合も本当にそうです。東京から屋久島に移って二〇年。ヨーロッパからアメリカに移住した歴史と比べるとひじょうに浅いわけですが、移った以上、僕は島の人間にならなければならない。そのたいへんさ、難しさというのは、この二〇年間の僕の大きなテーマでした。島には三代住まないと島の人間にはなれない、ということわざがあります。

スナイダー　確かにそうですね。家内のキャロル＊15は日系三世なんです。一世、二世、三世目でやっとアメリカ人になりました。日本語もしゃべらないし、日本文化もあまり関係ない。関係しているという気持ちはほとんどありません。アメリカ大陸が彼女の場所なんですよ。そういうことをはっきりと意識するようになった。たぶんヨーロッパを祖先にしている人も皆そうでし

＊14 **ネイティブ・オブ・タートル・アイランド**（Native of Turtle Island）
「亀の島」（タートル・アイランド）の先住民、「亀の島」生まれの人間。「亀の島」はアメリカ先住民の創世神話の中で北米大陸を指す。この神話によれば、北米大陸は、水から浮き上がってきた亀の背中についていた泥から作られたという。スナイダーの詩集『亀の島』（*Turtle Island* 一九七四）はこの神話に触発されたもの。

＊15 **キャロル・コウダ**（Carole Koda 一九四七―二〇〇六）
中部カリフォルニア生まれの日系三世。スタンフォード大学卒。スナイダーとは一九九一年四月二八日に結婚した。

スナイダーの家の中で、奥さんのキャロルもまじえ談笑する

ょう。私は五、六、七代目かな。よくわかりませんが。

山尾　「スナイダー」という綴りはゲルマンですよね。

スナイダー　ええ、おそらくはそうだと思います。オランダかドイツですね。スナイダーをYで綴るのはオランダ系のスナイダーですね。だけどドイツ系の人の中にはSCHNEIというのをSNYに変えた人もいるんですよ。だからよくわからないところがある。その方がスペルしやすいということですね。（みんなに楽にするようゲーリーが座布団をすすめる）

スナイダー　畑仕事をしますか？

山尾　ええ。もちろん、大好きです。けれどもこのごろはシカが来てダメですね。

スナイダー　シカが来るんですか？

山尾　ええ。あとサルも。

スナイダー　ほう。サルも？

山尾　芽がでるとシカが来て、運よく大きくなって実がなると、今度はサルが来るんです（笑）。

スナイダー　（外を指さして）あっちの畑があるでしょう、大きなアライグマが出るんですよ（笑）。

山尾　何を植えているんですか？

スナイダー　まだ植えてないんです。まだ土が湿りすぎてますから。もう少し乾いてからですね。

山尾　野菜のたぐいを植えるんですか？

スナイダー　そうです。キャロルがこれから計画をたてるんです。日本のキュウリ、トマト、ナスビ。アメリカのナスは大きいんです。でもスカスカしておいしくない。日本のナスはとってもおいしいね。それとオクラを植えます。あとはまだ決めていません。

山尾　オクラは僕も植えますがアメリカ原産ですよね？

スナイダー　いいえ、アフリカですよ。

山尾　アフリカですか？　私はオクラホマから来たと聞いたんですが……。

スナイダー　Oh, no, no, no（笑）面白い話だけど本当にアフリカから来たんですよ。

山尾　そうですかぁ。

スナイダー　たぶん奴隷として連れてこられたアフリカ人たちが持ってきた

んでしょう。

――　さきほどのお話にちょっと戻ってしまいますが、自分のルーツへのこだわりについて、中国とアメリカの例が出ました。その場合、狩猟採集民族と農耕民族との違いがあるのではないかと思っているのですが、いかがなものでしょうか？

スナイダー　もちろん農耕民族の方が故郷にこだわります。でも狩猟採集民族にしてもやはり故郷というのは持っているし、大事にしていますよ。しかしそれは世界のどこに住み、どのように暮らしているか、ということによるんです。

――　たとえばどういうことでしょうか？

スナイダー　たとえば、ピュージェット湾というのがワシントン州シアトルのすぐそばにあります。そこに住んでいた先住民の人たちは、そこではサケがよく獲れたから移動する必要がなかった。カリフォルニアもだいたいそうですね。カシのドングリがあり、シカやサケもたくさん獲れましたから、移動する必要がなかったんです。しかし、極地や砂漠に住む人たちは移動しなければならなかった。ブッシュマンやエスキモーは、ある決まった枠や領域の中に住んでいて、その外には出ることがないんだね。ここが自分たちの場所だという場所の感覚がある。その場所がどんなに大きくてもその場所をよく知っているのです。たいへん興味深いことです。どんなに広い領域でも、どこがその境界かをよく理解している。それに彼らはすべての場所に名前をつけています。アラスカ大学に勤めている研究者の友人がいて、アラスカの先住民のつけた土地の名前を研究しているんです。彼は「信じられないかもしれないけれど、アラスカの先住民たちはすべての流れ、流域、川、丘に名前をつけている。アラスカなんて誰も住んでないかのように見えるんだが、実際はそういう場所にも名前がついているんだ」と言ってるんです。たぶん日本においてはアイヌがすべてに名前をつけたのではないでしょうか。

山尾　私がこちらにおみやげで持ってきた貝はヤコウ貝というんですが、なぜヤコウ貝と呼ばれるのかあまり知られていない。いろいろ推理をしてみると、アイヌ語でシカのことをヤクというんですね。屋久島はシカの多い島だから、そのヤク。その貝はヤクの島にたくさんある貝だからヤクの貝でヤコウ貝になったのではないかという説があります。

スナイダー　なるほど。シカ貝といったようなものですね。それは面白い。

山尾　それは定説ではないのですけど。つまり、アイヌ人の文化というものが南の屋久島まで及んでいたのではないか、という説のひとつなんです。しかしアイヌ人はたぶん、屋久島までは来てないと僕は思っているんです。やはり東南アジア系の人だと思います。

スナイダー　アイヌの人が？

山尾　いえ、屋久島の人がです。琉球、奄美大島あたり全体もそうではないかと。

スナイダー　アイヌはもっと北から、大陸から来ましたからね。

山尾　そうですね。

アメリカ先住民と、日本の農家の建築様式を折衷して建てられた母屋

この土地で起こったこと

ゲーリー・スナイダー

（中略）

今、

ぼくらはここ、採鉱跡の近くに座っている
森の中、焚き火のそばで、
月と惑星と流星を見つめながら——

息子たちが、ぼくたちは誰なの、ときいてくる
家で取れた林檎を干しながら
木苺《ベリー》を干しながら、肉の薫製をつくりながら
わら束に矢を放ちながら

空軍のジェット機が北東に向かう、轟音を立て、夜明けが来るたびに
あのひとたちは誰なの、と息子たちがたずねる

いつかわかるさ
いかにいきるべきか
だれがそれをしっているか

松の木でブルー・ジェイが高い声で鳴いている。

『亀の島』より（山里勝己訳）

第二章

自分の場所を見つける

スナイダー　この対談で遅かれ早かれ語っておきたい面白い問題があります。ひとつのキーになることなんですが、それは文化を創っていく重要性とか、自然や場所に対する関係をどう築いていくか、ということです。そして同時に他の文化、あるいは文化の多様性に対する寛容さ、寛大さを持つ、つまりコスモポリタニズムの必要性ですね。

今の政治で言えば、左・中・右とありますが、多くの場合は伝統的に、家族の問題とか場所の問題は右側からなされる議論です。それとナショナリズムの問題もそうですね。左側の人の議論は、人種的な寛容さ、多文化主義[*16]などについて語り、それから人種的偏見を持たないということを主張します。左翼とか社会主義者とか……。しかし私自身や山尾さん、それからバイオリージョナリズム[*17]というものを提唱する人たちの考え方というのは微妙な立場にあるんですよ。一方で文化的、あるいは地理的なルーツというものを持つべきだと主張するのだけれど、他方ではそういうことを主張しながら、あらゆる文化に対してコスモポリタン的な寛容さを持つべきだと主張するんですね。これは少し複雑なことですけど。

山尾　両方持ってないといけないというわけですね。

*16 **多文化主義**
マルチカルチュラリズム。単一の主流文化（モノカルチャー）に同化するのではなく、多様な文化の共存を認めようとする思想。

*17 **バイオリージョナリズム**
（Bioregionalism）
生態地域主義または生命地域主義と訳される。一九七〇年代から北カリフォルニアを中心にはじまったグラスルーツの運動。この思想は政治的に分割された地域や地方ではなく、バイオリージョン、即ち生態地域（生命地域）を基礎にして境界を定められた地域を生活の中心に置く。この考えに従うならば、現在のアメリカ合衆国の州境や日本の県境は新しい境界線を必要とすることになる。生態系と人間の新しい関係を模索しながら、あるべき人間像を追求しよう

スナイダー　そうでないとボスニア＊18的な状況が訪れてしまうんです。絶対的にお互いの文化ばかり主張しあって戦う、ということになるんですよ。宗教が絡むと特にそうなりますね。これは大きな問題です。

山尾　お互いの文化ということについて、僕が屋久島に住んできた経験から具体的に話をしましょうか。僕は新島民ですが、島で暮らしていると新島民と昔からの島民との生き方の違いというものが、どうしてもあるんですよ。僕としては、昔からの島の人たちの生き方や文化というものに徹底的に学んでいこうと決心して入っていったんですが、ある段階にくると「これはどうしてもダメだ、僕には受け入れられない」という問題が出てきます。地域のあまりにも底深い伝統という壁につき当たってしまうのです。しかし今、ゲーリーの言ったそのコスモポリタニズムとか、インターナショナリズム――開かれたひとつの心のようなものを、本当は島の人たちも求めていると思うのです。そして自分は今後その開かれたいと望んでいる心を開く方向と、保守したい文化を守る方向の両方の役割を受け持つ位置にいなければと考えています。

スナイダー　なるほど。確かに日本人は歴史的に言って、文化的にも心理的

とするもので、そのルーツはH・D・ソローのウオールデンの森での実験に求めることもできる。

＊18　**ボスニア**
ボスニア・ヘルツェゴビナ共和国は九二年、ユーゴスラビア連邦から独立したが、国内には宗教の異なるセルビア人、クロアチア人、ムスリム人が混在した。歴史的に仲の悪いセルビア人勢力とムスリム・クロアチア人勢力とが独立問題を契機に内戦状態に突入。大量虐殺、「民族浄化」の集団レイプが問題となる。宗教的にはイスラム教四〇パーセント、セルビア正教会三一パーセント、カトリック一五パーセント、プロテスタント四パーセントとなっている。

にも常に新しいものを求めている国民だと思います。徳川幕府は長い間鎖国をしていたけれど、鎖国の間も日本人は新しいものを求めていましたね。だからと言って、「日本人は外国の文化に影響されやすい」と言う人がよくいますが、私は必ずしもそうは思わないんです。新しい経験を求めている、日本人は新しいものに対して心を開いている、ということだと思います。悪いことではないんです。いいことです。

山尾　新しく出会う人々にも心を開いていることができる、ということですね。

スナイダー　私はジョージ・H・カー*19の『琉球の歴史』という本を読んだことがあるんですが、その中でカーは沖縄を訪れた十七、十八世紀の英国の船長たちのことを引用しているんです。彼らは沖縄が大好きだったんです。彼らが訪ねると、沖縄の人たちはひじょうに心を開いて、泡盛とか食べ物でもてなしてくれて、そして音楽も演奏して楽しませてくれたというんです。これは日本人が新しいものに対して心を開いてくれるということを示すいい例ですよね。沖縄の人たちは他人を信用しているんです。心を開いていてあまり他人を怖れない。

*19 **ジョージ・H・カー**（George H. Kerr 一九一一〜一九九二）米国ペンシルベニア州生まれの歴史学者。スナイダーが言及しているのはその著書『琉球の歴史』（*Okinawa: The History of an Island People* 一九五八）

――　さきほど、アメリカに来ても、まだ自分たちのルーツをヨーロッパに残している人たちがいるが、それについては捨てるべきだという考えをおっしゃいましたね。つまりここ、タートル・アイランドに住むんだと、骨をうずめるんだという考え方を持つべきだということですね。

スナイダー　はい、そうです。

――　しかし日本の場合には、ある土地に執着するということの大切さのようなものがあるような感じがします。つまり自分のルーツというものをとても大事にする民族ではないかと思うんです。そうしますと日本人にとっては、ルーツを忘れなさい、というのは日本国内の移動においてもなかなか難しいところがあると思うんですよね。つまり再定住*20をするということ、意識的に場所を探してそこに骨をうずめるということが、アメリカと日本では違うのではないかと思います。それについてどう思われるか、ゲーリーさんに対しても三省さんに対してもお聞きしたいのですが。

スナイダー　いい質問ですね。

山尾　それは日本というひとつの社会と北アメリカ大陸、「タートル・アイランド」という社会との大きな違いですね。日本人の場合はむしろルーツを捨

*20
再定住（Reinhabitation）
バイオリージョナリズムは具体的な場所を生きることを要求する。すなわち、この考えによれば、ひとつの場所に住み、環境という視点から自らを再教育し、植物、土壌、動物、あるいは気候などに関する正確な知識を獲得しつつ生態系に対する人間の責任を確認することが重要なのである。このような生き方は、移動を続ける生活とは正反対の生き方であり、場所に定住することは、人間が場所を喪失したルーツレスな状況を呈する現代文明に対する批判ともなっている。生態地域主義者はこのような生き方を再定住（リインハビテイション）と呼ぶ。

対談中、森の中からスナイダーの友人が遊びにやってきた

てるべきではないと……。

スナイダー　ちょっと待って。僕の言いたいことはそれを捨てるのではなくて、ただ自分がもうヨーロッパ人ではない、と思うことです。ルーツを捨てることではない。歴史を捨てることではない。自分の場所はここだと理解するということ。それだけなんです。もっと説明すればよかったね、ごめんなさい。

山尾　いや、わかります。

スナイダー　そこに自分の場所を見つけないと、心理的にそこにはいないんですね。どこかよそにいるんです。それはまた、自分とはいったい何者かという定義にも関わってくる。ですから、これはとても精神的な問題ですね。

——つまり、よって立つところをヨーロッパのかつての歴史やその価値観から離れて、新しい価値観をもう一度クリエイトしていくんだととらえるわけでしょうか？　つまりルーツは大事にしながらも、なおかつこの場において新しい自分なりの考え方を作っていく。そしてその新しい考え方というのはタートル・アイランドの先住民の考え方に基礎を置くということなんでしょうか？

スナイダー　そうですね。もう少し説明しましょう。まず、今問題にしているのは人種、言語、文化、場所です。四つの要素があります。昔々の古い時代には、人種と言語と文化と場所は同一のものとして考えられていました。日本文化とはそのように考えたがる文化です。これが公式の日本の物語ですね。

　しかし、実際の日本の文化というのはもっと複雑なんですよ。歴史の変遷でこれらの要素は皆バラバラになってしまいました。これらの要素が一緒にくっついているのではなく、別々の道を進んでいったのが歴史の体験したことですね。たとえば黒人で、英語を話し、北アメリカに住んでいながら黒人のイスラム文化を持つことだってあり得る。実際、そのような人たちはたくさんいますし、彼らははっきりとしたアイデンティティーをもって生きている。人種と言葉の関係というものは、たいへん柔軟で、どんな人種であっても、どんな言語でも学び、修得できます。そして、どこで教育を受けたかによって、その人の言語が決まる。また、言葉というのは歴史を持っているし、アイデンティティーとも密接な関係があるんです。だから私は自分自身が誰であるかを考える時は、英語について考えてみる。毎日使うものですから、言語の歴史にはたいへん興味がありますね。

山尾　なるほど。

スナイダー　それから、タートル・アイランドの住人になるという私の考えは、「我々はここに住み、我々は長い未来を持っており、そしてその未来はずっと長く続いている。そして同時に我々はいかにしてここに住むかということを学んでいかなければならないから、そのためには場所に住むということ、場所を知るということがひじょうに大事なことになってくる」。まあ、こういうことなんです。

それはまた人間としてのエチケットであり、マナーの問題でもありますね。場所に対するエチケットです。その場所にある木や花や動物と挨拶をし、名刺を交換するということなんです。

山尾　ゲーリーは今、エチケットと言いましたね。僕の言葉で言うならば、ひとつの場所が持っている豊かさというものは自分の一生を捧げつくしても探しきれないものだと思うんです。自分の一生や二生を捧げても探しきれない。たとえば先ほどゲーリーの家に来たばかりですけど、ここのほんの小さなエリアだけでも、この場所の持っている魅力、不思議さ、豊かさは無限で、味わいつくすことはできないはずなんですね。

スナイダー　素晴らしい言葉です。まさにそのとおりなんです。これはインターナショナリズムのもうひとつの側面ですね。つまりあるひとつの場所を追求するには、人の一生くらいはかかってしまうんですよ。たとえばソローは、「私はコンコードの町を広く旅した」と言っているんです。つまりコンコードは小さな町だけれど、ソローはひじょうに大きくとらえて、そこを何度も何度も旅をしてきた、ということなんだね。

山尾　つまりソローはその場所を深く、どこまでもよく知ろうとしたということですね。

スナイダー　そうです。彼が言いたかったことはまた、そこは面積の上では小さいけれど、彼はその場所を充分にそして深く知ろうとしたということなんだね。

山尾　それがディープ・エコロジー＊21ですね。また、場の哲学というものです。

スナイダー　そのとおりです。私の思想の系譜の中では、ソローはアメリカ人の偉大な師ですし、私自身の先生でもあります。私はソローを読むたびに、いつも新しい何かを発見するんです。ソローは『森の生活』の中でウォール

＊21
ディープ・エコロジー
（Deep Ecology）
A・ネースの造語（一九七三）。旧来の生態学（エコロジー）の枠組みを越えて、自然と人間の関係をラディカルに問い直そうとする思想。人間は生態系の一部であるととらえ、自然と人間を二分する人間中心主義を否定し、新たな人間観を模索する。自然と人間という二分法にとどまらず、支配と被支配、貧富の関係、女性と男性、西洋と非西洋のような関係にも新たな視点を導入しつつ、再考を迫るものでもある。

デン・ポンド*22について述べていて、「ウォールデン・ポンドの向こう側の岸の波はガンジス川の水と混り合っている」と言っています。

山尾　つまり、小さい場所だけれどそれをひじょうに大きくとらえているわけですね。

――　ソローは何か他にもエリアについて語っていますか？　たとえば三省さんのように一生や二生では知りつくせない、というようなことを言っていますか？

スナイダー　ええ。ウォールデン湖のほとりは、一生ぐらいでは知り得ない、と言ってますね。

山尾　ゲーリーに聞きますが、今、「ウォールデン・ポンドの波はガンジス川の水と混り合っている」とおっしゃいましたが、それはどういう比喩だと思いますか？

スナイダー　ふたつの意味があって、ひとつは文字どおり、地球の水は地球をぐるぐるとまわっているということです。そういった意味で向こう岸に行っているということですね。間違いなくソローはこれを意味したでしょう。この惑星における水の循環ということです。

*22
ウォールデン・ポンド
米国マサチューセッツ州コンコードにある湖。H・D・ソローはウォールデン湖畔に小屋を建てて住み、その思索と生活を『森の生活』にまとめた。

山尾　つまり地球の水の循環から考えると、ウォールデン・ポンドの水というのはガンジス川の水と一緒だということですね。

スナイダー　そうです。そしてもうひとつは、ソローはインド思想にたいへん影響されていたので、彼の思考がインド的だということです。

――　山尾さんは一生や二生をかけても、その場所の魅力は全部知り得ないと言っていましたが、たとえば屋久島ではいかがですか？

山尾　屋久島に住みはじめて私はまず最初にヤギを飼ったんです。乳ヤギでミルクを搾るザーネン種*23というヤギです。ヤギはたくさん草を食べますから毎日草を刈ってこなければならない。だからヤギに草を食べさせるためにまず草を勉強しはじめました。ヤギが食べることのできる草、食べられない草を勉強しはじめたんです。そうすると、ヤギが食べられる草は人間にとっても食べられる、そしてヤギにとって毒のある草は人間にとってもダメだ、ということが基本的にわかってきます。最初は島の植物の世界をヤギを通して勉強しました。いろいろな種類の植物の名前、それからそれが食べられるか、あるいは薬になるかも含めて植物についての具体的な知識を学んでいきました。そのようにしながら、実は島そのものの豊かさを学んでいたんです。

*23 **ザーネン種**
スイス原産の乳用ヤギ。日本には明治時代に輸入され、現在の日本のヤギのほとんどがザーネン種、またはその雑種であると言われる。

白川山に住む仲間と。かつて数軒だった家も今や十数軒、50 人ほどの人が住む

たとえば、屋久島には「ゴメジョ」と呼ばれる木があるんです。そのゴメジョの木をヤギが大好きなことを知って、そのゴメジョという島の呼び名を知り、そして和名、学名ではなんというのかを知りたいと思いはじめました。そうして二年ぐらいたったある時期に、それが「ハドノキ（Villebrunea frutescens Blume)」という名前の植物だとわかったんです。ゴメジョからハドノキという名前を知った過程の二年の中には、ゴメジョというひとつのローカルな名前とハドノキという和名とを学ぶこと、そしてその学ぶことの楽しさを知りました。しかもそれはヤギの餌になるという実益的なことに支えられてある。三つの実益、楽しさがあると言ってもいいんですね。

スナイダー　なるほど。示唆に富んだいい話ですね。ヤギは何のために飼っていたんですか？

山尾　ミルクのためと糞を肥料にするためです。

スナイダー　ミルクですか。チーズは作らないんですか？

山尾　カッテージ・チーズを時々作りましたが、夏にはアイスクリームもよく作りました。

スナイダー　そうですか。

夢起こし

——地域社会原論——

山尾三省

わたくしは　ここで夢を起こす
どんな夢かというと
大地が人知れず夢みている夢がある
その夢を起こす
大地には　何億兆とも知れぬいきものの意識が　そこに帰って行った深い夢がある
その夢は椎の木
その夢は小麦
その夢は神

わたくしは　ここで夢を起こす
無言で畑を起こす一人の百姓が　一人の神であることを知り
無言で材を切る一人の大工が　一人の神であることを知り
無言で網を引く一人の漁師が　一人の神であることを知って
わたくしもまた　神々の列に加わりたいと思う

わたくしはこの島で　夢を起こす
地球上だけでなく　宇宙の何処まで行っても　ここにしかないこの島で
地球ながら宇宙ながらに　足を土に突っこんで
その深淵をのぞきこみ
そこに究極の光を見たいと思う
わたくしは　ここで夢を起こす
どんな夢かというと
竹蔵おじが死に　松蔵おじが死に　ウメばいが死に　リュウばいが死んで行った
その大地が
人知れず夢みている夢がある

その夢は船
その夢はばんじろう
その夢は神
わたくしは　人々と共にここで夢を起こす
その夢はしんしんと光降る静かさ
その夢は深い平和
その夢は　道の辺《べ》の草
わたくしは　ここで夢を起こそうと思う

『びろう葉帽子の下で』より

第三章

シエラネバダの森

―― 山尾さんの屋久島での話を聞きましたが、今度はゲーリーさんのお話を聞かせていただけますか？

スナイダー　いいですよ。しかし、いろいろなところに書いていますのであまり詳しいことは申し上げませんが、実は日本滞在中の一九六四年に、カリフォルニアに一時帰国していたことがあるんです。その時、ある友人に「シエラネバダに土地があるが関心はないか」と聞かれたんです。私はその頃、土地については考えていなかったんですが、それも面白いかもしれないと思い、行ってみようという気になった。確か一九六六年の二月だと思いますが、詩人のアレン・ギンズバーグも一緒にみんなで車でやって来たんです。ここの土地が売りに出されていました。

マンザニータ＊24の茂みをかき分けてここまで来ると、ポンデローサ松が生えているんですね。私にとってここはシエラの中では新しい土地でした。でも、生えている樹木を見ると気候や雨量などがわかります。それからここにはバンチグラスが生えている草地がある。一年中水が流れているクリークはないけれども、カヤツリグサなどが斜面に生えているので地下水があるのではないかと思いました。そういうことで、ここは全部で一〇〇エーカーの

＊24
マンザニータ
ツツジ科の灌木でスペイン語で「小さなリンゴ」を意味する。

土地なんですが、二五エーカー分のお金を払って仲間に入れてもらいました。それから日本に戻ったんです。

　日本に最初に行ったのが一九五六年、それから約一〇年ほど住んで、一九六八年に家族で引き上げて来た。もう日本には戻らないつもりでカルフォルニアに来た。翌年の一九六九年に家族でここを見に来て、ここに住むことに決めたんです。当時は隣人もほとんどいなかったし、道路も今よりはずっとひどかったね。送電線もないし、電話もない。街までは渓谷を越えて二五マイルはある。でも私たちにはここに住もうという意志があり、それに必要な技術があった。私はアメリカ北西部の小さな農場で育ったし、子供の頃から森や山で過ごしてきた。大工仕事も経験があるし、森林局の季節労働者として火の見番をしたこともある。だから一〇〇〇メートルレベルでの山の生活はやっていけると思っていました。ここは本物のウィルダネスではなく、人間の手で荒廃した生態系が回復しつつある場所なんです。ここからは丘を越えてタホー国有森林が数百平方マイルは広がっていますよ。

　最初の一〇年間は家や風呂場や納屋や薪小屋を建てるだけで精一杯。ほとんど古くからの方法でやりました。家を建てるために使う木材は鋸で切り倒して、ナイフで樹皮をはいだりした。灯りは石油ランプ。詩やエッセイはランプの灯りで書いたんです。料理は薪やプロパンガスを使ったりしました。サウナは薪を使用し、ミシンは足で踏むやつ、五〇年代に製造されたプロパンを使用するサーベル冷蔵庫とか、そういうのを集めて生活したんですね。それからだんだんと若い人たちが移ってきて隣人が増えていったんです。全国の大学をまわって朗読をしたり講演するために時々ここから出ていきました。ここは、そういう意味では、大学の金庫を襲撃するための出撃基地みたいなものだったね。(笑)。

山尾　誰がこの土地を最初に見つけたんですか?

スナイダー　ディック・ベイカー[*25]という友人がいて、彼の先生にサンフランシスコ禅協会のスズキ・シュンリュウ老師[*26]という方がいたんです。その方がどこか田舎にサンフランシスコ禅センターの禅堂を造る土地を求めておられて、それでベーカーがはじめてこの土地を見つけたというわけです。彼らはふたつの場所を候補にあげたんですが、ひとつはタサハラ[*27]にある土地で、もうひとつがここの土地だったんです。

山尾　タサハラというのはタサハラ禅センター[*28]として知られていますね。

*25
ディック・ベイカー(Dick Baker)
アメリカの宗教家。かつてサンフランシスコ禅センターの指導者であった。

*26
スズキ・シュンリュウ(Suzuki Shunryu　鈴木俊隆一九〇五〜一九七一)
曹洞宗の僧侶。一九五八年、五三才で渡米、一九六二年にサンフランシスコ禅センターを設立し、老師として禅の普及に努めた。著書に*Zen Mind, Beginner's Mind*(一九八八)などがある。

*27
タサハラ(Tassajara)
カリフォルニア州中部、モンテレー近くの土地。温泉が出る。

*28
タサハラ禅センター
一九六六年にサンフランシスコ禅センターが作ったもので、

それはどこですか？

スナイダー　カリフォルニア州のカーメルのそばにタサハラという場所があるんですよ。で、鈴木老師はタサハラのほうが気に入ったのでそちらに行ったんです。ところがディック・ベーカーがシエラにあるこっちの土地もいい土地だから一緒に行ってみないか、と言うのでみんなでここに来たんです。その時にここに生えているポンデローサ松とかマドローナとかオーク、それにマンザニータを見て、私の口をついて出たのは「俺はこの連中を知っている」という言葉でした。

山尾　ゲーリーは若い時分から森で働いていましたからね（森を指さして）。あれがオークですか？

スナイダー　あれはクロカシです。そうです、オークですね。とても面白いことですが、そこにある植物を知っていればその土地の気候がよくわかるんです。たとえば雨がどういう降り方をするかとかね。それが場所を知っているということなんです。木を見たら、この場所がどういう場所かはっきりわかりました。それで気にいったので「のりましょう」ということになったのです。それから一九六八年に日本から引き上げてきたあとで、一九七〇年の

米国における主要な禅センターの一つと言われる。別名「禅心寺」。

五月にここに住むことに決めました。当時ここには道路もなかったし、ほとんど誰も住んでいなかった。知人もいなかった。バークレーの学生とか他の大学の学生が、大勢キャンプをしたりしながら手伝ってくれたのです。

山里　六四年当時はゲーリーさんはバークレーで教えていたんですね。

スナイダー　まだ京都に住んでいて、一年の予定で教えに来ていた。そしてここに来て家を建てました。それからが私の長期間にわたる、この場所に関する学習のスタートになったんです。私が学んだことのひとつとしては、カリフォルニア先住民*29、つまりインディアンの目から見ると、この場所はたいへん理想的な土地であるということでした。降雪もそれほど多くなく、暑くて乾いた夏を過ごさなくてもいい高度なんです。

山尾　高すぎず低すぎず、ですね。

スナイダー　そうです。

山尾　ここは標高一〇〇〇メートルぐらいですか?

スナイダー　ちょうどそれくらいですね。また泉があちこちにあり、井戸がきれいに掘れるところでもあるんです。シカもたくさんいる豊かな土地です。あとでわかったことなんですが、ここは高度と水と雨の量から見ると、森に

*29 **カリフォルニア先住民**　スナイダーが現在住んでいる土地にはかつてウイントゥ(Wintu)族と呼ばれる先住民たちが住んでいた。

適した完璧な土地なんです。アメリカにおいて最も上質で優れた森林地帯なんですよ。それにこの辺りの土地はだいたいが国有林、固有地です。実は一緒に来た若い人たちもここをたいへん気にいって、近くに土地を買って引っ越して来たんです。その当時は土地もひじょうに安くて、一エーカー（約四〇〇〇平方メートル＝一二〇〇坪＝四反）二五〇ドルでした。

山尾　今はいくらぐらいですか？

スナイダー　二五〇〇ドルです。

山尾　うわー！　いま二五〇〇ドル！　一〇倍ですね。

スナイダー　そう、一〇倍です。

山尾　ナウ、ユーアーリッチマンですね（笑）。

スナイダー　もしも売ったらそうだね。でも売る気はないからね（笑）。

山尾　どのくらいの広さですか？

スナイダー　一〇〇エーカー（四〇万平方メートル＝四〇町歩）ぐらいでしょうか。日本の広さの尺度で一〇〇エーカーがどれくらいの大きさかわかりませんが、あとで一緒に歩いてみましょう。でもここの土地を歩くにはとても時間がかかります。とにかく広いんです。四〇分から一時間、あるいはもっとかかるかもしれません。

山尾　楽しみですね。ぜひ案内してください。

スナイダー　この土地の素晴らしさを理解しはじめると、私はこの土地を所有物としてではなく、責任をもって扱うものだととらえるようになりました。そして、私の森に関する知識から、ここは農業にはあまり向いていないということがわかりました。もちろんここで農業をするのは可能ですが、自然が拒否していると言ってもいいかもしれないね。マザーネイチャーがここでできる最適なことは農業よりも木を育てることです。

山尾　それが母なる自然のできる最良のことだということですね。

スナイダー　そうです。ですから、ここにはちょっとした畑と果樹園しかないんですよ。私が懸命に力を注いできた仕事は森を育てることなんです。どういう仕事かといいますと、たとえば、ほら、向こうの木々の間に見えるでしょ？　私は山火事の危険から森を守るために、あのように何百ものマンザニータなどを切っているんです。

山尾　あれがマンザニータですか？

スナイダー　ええ。マンザニータがすごくたくさん生えるんですよ。

山尾　ゲーリーには『マンザニータ』というタイトルの詩集*30がありますよね。それで今回ここに来るにあたっては、そのマンザニータという植物に会うのを大きな楽しみとして来ました。あとからゆっくり会わせていただきます。山仕事では、間引きということもありますか？

スナイダー　ええ、間引きはたくさんやりますよ。なんと言っても、ここの最大の危険は山火事ですからね。間引きをしたり、低木を切ったり、そしてまた植林したりと手入れをし続けてきました。

山尾　どんな木を植林するんですか？

スナイダー　シュガー・パインなどです。実際、この森はちゃんと育ってきていますから、将来的にはかなり貴重な森になってくるでしょう。ここの木を少し切って売るだけで、息子のカイの子供たちを大学に行かせるくらいの価値がでてくると思います。特に木材の値段は高騰するばかりですから、二〇〇年後にはたいへんな価値になっているでしょう。実際これは長期的に見て、経済的に実行可能な計画です。これが森の経済的な側面です。別に森を傷つけずに実行できることでもあるんです。実はこのコミュニティー全体がそういう考え方になってきています。しかし私たちは同時にこの土地のス

＊30
『マンザニータ』（*Manzanita*）一九七二年にカリフォルニアのフォー・シーズンズ社から出版された。後に『亀の島』（一九七四）に収められ、その第一部を構成する。ロッキー山脈の西側だけで限定販売された詩集。

ピリット（霊・精神）を知り、学んでいくという素晴らしい体験をし、そしてこの場所の細部を詳しく知っていくという楽しみも経験しています。この森には野生のクマやクーガー*31、キツネ、ガラガラヘビ、コヨーテ*32がいるんですよ。

山尾　今もですか？

スナイダー　ええ。ここは野生の動物たちがたくさんいます。しかし同時に街にも近いんです。ですから、私は野生の土地の持っている素晴らしさは工業文明と共生できるのではないかと思っています。そのために我々ができることはたくさんあります。これはただ野生の土地と都市の両方を守っていくというだけでなく、そこに生息する生物も守っていけるということです。もちろん都市生活も必要です。しかし皆が適切な生き方をすれば、野生の土地は野生の土地のままで存続できるということがわかってきました。都市と郊外と野生の土地を保護するということの他に、今言ったような野生の土地に住みながら、その土地を野生のままに保つということが第三の道なんです。

これは第三世界に対してもひとつの教訓になり得ることです。たとえばアフリカの村などで、すぐ近くにライオンやゾウが住んでいるようなところが

*31 **クーガー**（Cougar, Puma）
一般的にはピューマの名で浸透している。食肉目ネコ科の動物。アメリカライオンともいう。多くは森林やサバンナに棲み木登りが得意。比較的温和な性質で人を襲うことはめったにない。カナダ南部からパタゴニアの草原や森林に棲む。体重は一〇〇キロに達するものもある。

*32 **コヨーテ**
北アメリカからコスタリカ、アラスカまで分布する食肉目イヌ科の動物。家畜殺しの悪名が付いているが、実際はウサギ、ネズミ類を主食とし、草や果実も食す。平原オオカミともいう。

ありますね。政府でさえもライオンやゾウをどこかに連れて行ったほうがいいんじゃないか、あるいは、排除したほうがいいんじゃないか、などと言うことがありますが、でもたぶんそんな必要はないですよ。

山尾　つまり、この土地に定住することによっても野生を守っていけるということですか？

スナイダー　そうです。しかしそれは人々の生き方の姿勢によります。適切な態度をとれば共生できることなんですよ。たとえば、ここの森では野生のクマが現れて我が家の冷蔵庫を荒したり、車の窓を壊したりすることがあります。他にも二、三年前に女性がクーガーに襲われたこともありました。それでも私たちは政府に「怖い」と言いに行ったりしません。そのかわりに、どうしたら彼らと一緒に暮らせるか、共存できるかを考えるんです。そしてダメージも少し受け入れる。そういうダメージは野生の土地に住む税金みたいなものだからね（笑）。

スナイダーの家のすぐ近くに野生の七面鳥が出てきた

野生の七面鳥に囲まれて

ゲーリー・スナイダー

小さな声で　呼び交わしながら
　乾いた葉っぱや草の中を歩いて行く
ブルー・オークや灰色のディガー・パインの木の下
山火事でかすむ暑い昼下がり。

二十羽、またはそれ以上、姿形のよく似た
足の長い鳥たち。

ぼくらもそうだ、やさしく声を掛け合いながら
　通り過ぎてゆく。

あとからついてくるぼくらの子供たち、
なんと、ぼくらにそっくりなことか。

『ノー・ネイチャー』より（山里勝己訳）

第四章

ウィルダネス・ワイルド・ネイチャー

―― 今の話に関連して、ウィルダネスとネイチャーという言葉についてなんですが、日本とアメリカとでけっこう違いがあると思います。それについておふたりからお話を聞きたいのですが……。

山尾 屋久島には縄文杉のような樹齢数千年と言われる屋久杉を含む大森林もありますが、六〇〇〇年前の縄文土器が発掘されてもいます。島の人たちはその長い縄文の時代から今に至るまで、ゲーリーの言うウィルダネスと付き合ってきました。今、その歴史の中に僕たちが入って行って、それを引き継ごうとしています。日本語ではそのウィルダネスも含めて、「ネイチャー・自然」と訳すほうが親しみがあります。ウィルダネスという言葉はちょっと使いにくいですね。これはゲーリーと今回とても話したかったことの、ひとつのコアなんです。

―― ネイチャーとウィルダネスの差をどのようにとらえていらっしゃいますか？

山尾 ネイチャーとウィルダネスは本来は同じものと私は思っています。

スナイダー そう、はじまりはそうでしたね。だけど他にもうひとつ、「ワイルド」という言葉があります。野生ですね。「野生」とは場所の意味でもありますが、自然のプロセスを意味する言葉でもあります。「ウィルダネス」は場所、土地の意味です。ほとんど文明化されていない地域ですね。つまり、「ウィルダネスに行く」というのは、ある場所に行くということを意味します。だけど「ワイルド」と言った場合には自然のプロセスなんですね。人間が干渉せずに、そのまま放っておいた場合に自然が動いていく過程をワイルド（野生）と呼んでいるんです。

山尾　「ナチュラルネイチャー」（自然のままの自然）ですね。

スナイダー　ナチュラルネイチャー、そう、それです！（笑）だけどリンゴの木や犬はワイルドではないんですよ。でもナチュラルではあるんです。

――どうしてワイルドではないんですか？

スナイダー　だって犬は毎日、飼い主のところに餌をもらいに来ますから（笑）。それとリンゴの木は最初から、遺伝子的に違うように交配されています。でもリンゴの木は野生になることもできます。しかし、羊とか牛の中には野生になれない種もいるんです。人工授精をしないと自分自身で子供を産むことができないんですよ。それにもう自分だけでは餌を見分けたり、植物を探せない状態になっています。これは「家畜化過剰」の状態になっている

天然更新していくミュアの森

わけです。

山尾　つまり、ルーツはもともと野生動物であったものを人間が家畜化したプロセスですね。

スナイダー　そうです。もう野生ではないんですよ。「ワイルド（野生）」というのは自分自身で適応し、人間なしでも自活していけるということです。森も同じことです。他にもたとえば、田んぼとか麦畑なんかはワイルドではないんですよ。でも田んぼは放っておけばあとは森に戻っていくんです。森に戻るのはワイルド、野生のプロセスなんです。これはとても面白い特質ですね。つまり科学的に言っても、すべてのことがナチュラル、自然なんですよ。物質的な森羅万象も自然、ナチュラルです。

山尾　少し分かってきました。屋久島の場合で言えば、人間の手が入れられる里山の部分を前岳と呼び、その部分は伐採をして植林をしてきましたが、手を入れるのが困難な奥の部分は奥岳と呼び、奥岳は神の領域としてほとんど手を入れずに残してきました。ゲーリーの言葉で言えば、その奥岳の部分がウィルダネス、前岳の部分はナチュラルということになりますね。同じ自然でも密度の違いがある。植林された杉山は自然ではあるけど、奥岳のような森厳さはない。けれどもその両方においてワイルドというプロセスは常に進行しているということですね。

スナイダー　大部分はワイルドです。でもある部分は人間の手が入っている。人間は時に、ひじょうに徹底的にやってしまうんです。徹底的に森を破壊してしまったりしますからね。そう言えば、デイヴィッド・ブラウアー*33という学者は「人間は野生種である」と言っているんです。なぜだと思いますか？

――シエラクラブの人ですよね？

スナイダー　ええ、そうです。なぜ人間が野生種なのかというと、人間が誰と一緒に生殖するかということをコントロールできないからなんですよ。

一同　（笑）

スナイダー　生物学的に言えば、羊とか牛は人間がコントロールできるでしょう。でも人間はコントロールできないから野生種なんですよ。ハハハ、面白いですよね。

――ある時自分が野生種であるということに気づく時ってありますか？

山尾　（笑）

＊33
デイヴィッド・ブラウアー
（David Brower）
アメリカの環境保護運動家。シエラクラブでの活動を経て、一九七一年に国際環境保護団体「大地の友」（Friends of the Earth）を設立。グランドキャニオンにおけるダム建設阻止運動などで知られる。

スナイダー　あれ、どこまで話したかな？

山尾　人間と自然の問題ですね。

スナイダー　ああ、そうでしたね。きっと誰もがここの森を見たら、これは野生の森だと思うでしょう。しかし実際は人間の力がたくさん加わり、影響を受けているんですよ。伐採されていますし、五〇年ほど前にはひどい山火事にもあっています。しかしここでは野生のプロセスはとても力強く生きているんです。

山尾　つまり力強い自然が存在しているということですね。

スナイダー　はい。木もどんどん生えてきています。肥料なしでね。動物たちもみんなここに戻って来ますし、彼らの通り道になっています。私が思うに、日本にはウィルダネスと呼べる土地があまり残ってはいません。しかし日本の土地の中には野生のプロセスがまだ力強く残っているんです。ひじょうに力強いですよ。木は大きくなり、どんどん成長していきますね。

――　興味深い話ですね。日本の自然とアメリカの自然の違いの中で、ゲーリーさんは日本の自然にはまだ野生のプロセスが残っていて大丈夫だとおっしゃいました。しかし、日本に住む我々としては、少々懐疑的にならざるを

＊34 ジョン・ミューア（John Muir 一八三八～一九一四）
スコットランドで生まれたが、一八四九年に米国に移住。ウィスコンシン大学で植物学や

得ません。というのは明治維新の前、つまり一〇〇年あまり前までは、日本も素晴らしいウィルダネスに恵まれていたと思うのですが、その後の近代化の過程の中で、山や森や川や海を壊してきた。一方、アメリカにおいてはその明治維新頃は、森を切り倒しながら西部まで開拓を進めてきた時期ですね。そしてジョン・ミューア*34あたりが中心となり、自然保護を本格的に考えはじめ、国立公園法*35を制定するなど具体的取り組みに入っていった。日本の明治以後の一〇〇年が開発の歴史だとするならば、アメリカのそれは生態系を取り戻すための自然保護の歴史と言えるのではないでしょうか？

スナイダー　そうですね。

――『亀の島』でゲーリーさんは、「中国は西暦一〇〇〇年までに森林が切り倒されている。インドは八〇〇年までに森を失った。そしてヨーロッパにおいてはローマ帝国の時代である」ということを書いている。たとえばヨーロッパの歴史の中では相当昔に森を伐採し、荒れ地にしてしまった。その結果として、イギリスのナショナルトラスト運動*36も含めてヨーロッパでは自然保護の歴史がはじまりましたよね。そういう意味で、自然保護に対する伝統の厚さとか歴史というのはヨーロッパもアメリカも長いわけです。日

地質学を学んだ。一八六八年にカリフォルニアに移り、西部の自然を読者に紹介する。後にアメリカ環境保護運動の指導者となり、ヨセミテ国立公園の制定に尽力した。一八九二年にはシエラクラブを創立、代表作に『カリフォルニアの山々』（一八九四）や『はじめてのシエラの夏』（一九一一）などがある。アメリカ自然保護の父と呼ばれる。

*35 **国立公園法**
一八七二年制定。これにより、米国だけでなく世界でもはじめての国立公園（イエローストーン国立公園）が誕生した。一八九〇年には、ジョン・ミューアなどの活動で、カリフォルニアのヨセミテ国立公園などが制定された。

*36 **ナショナルトラスト運動**
すぐれた自然環境を有する土地を買い取って保全する運動。

本はまだ最近だと思います。しかし日本人は、ルーツに自然と人間の関係がバランスのいい形でとれていたんだと思います。つい一〇〇年前までは……。それがどうしてこうなってしまったのかという反省を、我々はおおいにしなくてはいけないと思うんです。

スナイダー　そうですね。でも中国の場合はちょっとまた違います。中国はもっとひどかった。中国と比較すれば日本はまだ大丈夫じゃないでしょうか。

スナイダーの住む森の近く。かつての金鉱跡

草の生えている道

山尾三省

道のまんなかに　草が生えている道を　歩いている
それは
この世で　わたくしがいちばん好きな　道である
それは　にんげんの原郷の道である
母よ
悲母よ
道のまんなかに　草が生えている道を　歩いている
それは
この世で　わたくしがいちばん好きな　道である
それは　存在の歌う道である
しんと静かで　黙っている

草が生えている道である
道のまんなかに　草が生えている　道である

『びろう葉帽子の下で』より

第五章

木の声を聴く

——古い伝統や昔の知恵からおふたりとも学んでいるところは多いと思いますが、山尾さんが一〇〇年前の日本から、あるいはそれ以前の日本から受け継いできたというものはいったい何でしょうか？　それからこれからも受け継いで二一世紀に持っていくべきだと考えていらっしゃるのはどういうことでしょうか？

山尾　ひとつの例ですが、屋久島の奥岳には大きな木がたくさんあります。江戸時代や明治までの昔の人たちは木を切る時にはチェーンソーがないから斧で切りました。彼らはその斧を大きな木の根方に一晩立てかけておきました。そして次の日また行って、もしその斧がそのまま倒れずにいたら、その木から「自分を切ってもいい」というサインがきたと考えた。もし斧が倒れていたら、「自分を切ってはダメだ」と受けとめるんですね。たいがいだったら倒れないで立っているわけですが、風が強かったりすると倒れることもあったでしょう。大木を切る場合にはいつもそういう問答を交わしていたんですね。そういう話を僕たちはまだ聞けるし、とてもいい話ですよね。そこに流れているのは、木を尊敬する、つまりアメリカインディアンの人たちやゲーリーの言葉で言えば、木と兄弟であり、木とつながっているという思想が入っていると思います。僕たちは次の世代へもそういう木との関係や付き合い方を伝えていきたいですね。それは木だけではなく、Everythingです。自然、つまり森羅万象とのそういう関係をもう一度作り直していく、そしてそれを若い人たちに伝えていく使命があると思います。

――もうひとつ質問していいですか？　今、山尾さんは、木の声を聴き木と問答する、木だけでなく自然のものの声を聴きながら生活した歴史があり、それを受け継いでいくべきだとおっしゃいましたね。これはたいへん素晴らしいことだと思います。しかし――これはあとでゲーリーさんにも聞きたいんですが――たとえばこういうことを言うと若い人とか、若い人だけでなく近代人だと思っている人たち、あるいは自分は進んだ人間だと思っている人たちは「考え方が古いんじゃないか？」「非科学的だよ」などといった反応をすることもあると思うんです。はたしてその考え方が普遍的になるのかどうか、どうでしょうか？　そういう人たちに山尾さんはどう伝えることができますか？

山尾　そうですね、それはまた木の話で説明しましょう。一本の大きな木に斧を立てかけておき、木の声、木の意志を聴くという儀式的な行為の中にはその木に対する尊敬があるわけです。その尊敬というひとつのフィーリングはたとえ時代がこの現代であったとしても、そして若い人であったとしてもあるいは小さな子供でも、大きな木の前に立つと、その木から何かしらはっきりとは言えないけれども、受けるものがありますね。そしてその木から受けるものはけっして悪いものではない。それは気持ちのいいもの、あるいは尊敬の念が起こるものです。古くから日本人はそれを「神」、あるいは「カミ」と呼びました。何かしら善いもの、気持ちのいいもの、あるいは私たちに尊敬の心を起こしてくれるもの、心を豊かにしてくれるものを「神」、あるいは「カミ」と呼んできたんです。その時にアニミズム*37、あるいは神道という、ひとつの考え方の普遍性が出てくるんですね。アニミズムを復興するというと、ちょっとムーブメントのようですが、その自然に起こってくる尊敬の気持ち、あるいは豊かさというものを伝えていくということだと思います。それにはいろんな方法があります。たとえばさっき言った斧を立てかける話は物語として伝えることができます。それから最近よく耳にしますが、フィトンチッド*38というひとつの要素を森林浴というかたちで取り入れるというような分析的な考え方があります。それはサイエンスを通して伝

*37
アニミズム
自然界のあらゆる事物に生命や霊が宿り、それに霊魂観を認める宗教の原初形態の一つ。

*38
フィトンチッド
樹木から分泌される揮発性の物質。生体を活性化させると言われている。

えることができますね。大きく分ければ宗教的なカミ・ホトケというようなものを新たに解釈し直していく方法、それからもうひとつは、その分析的な科学的な要素からの情報で考える方法です。そのふたつを合わせて伝えていき、それと同時に物語も伝えていく。ゲーリーもたぶん感じていることだと思いますが、今、若い人たちはそれを理解するんです。そして理解できるんですね。ただ彼らは言葉を知らないだけです。

スナイダー　そのとおりだと思います。若い人の中には未来を想像する人もいますが、別の新しい考え方を求めて過去を想像する人もいます。まずはじめに言っておきたいことは、私たちは過去について知っているようでも、実際はあまり知らないんだ、ということです。ですから誰かが「もう過去に戻れないじゃないか」と言う時には「過去を知っていてそう言っているのか？」と言いたくなります。本当は過去がどういうものだったかなんて知らないんですから。だから彼らの言うことはさほど大きな問題ではないのです。肝心の問題は、我々は本当に過去から何かを学んだのか、ということです。だからいろいろなレベルから過去を考えなくてはいけない。ヨーロッパの啓蒙思想的な見地から時間をずっとさかのぼって、国王や王というものが登場する前には人々がどのように生活していたかを知ることはひとつの大きな問題だと思います。国家の誕生以前に人々はどのように生活していたのか、それは本当に大きな問題です。マルキシズムの思想の一部にもなっていますね。

山尾 コミューンですね。

スナイダー ええ。共同体のコミューナルな生活、真の民主的な生活、自立自足した経済——そういったものが過去において存在したんじゃないかと想像するわけです。きっと存在していたでしょう。理想的な姿ではなくともね。このように我々はまだ歴史を理解しようとしており、まだ完全には歴史をわかりきってはいないじゃないか——それが私が主張していることのひとつなのです。逆説的に言えば、今や封建時代や王が君臨していたような時代を過ぎてもっと民主的な時代に入ったわけですから、さきほど話したような、過去にあった自給自足的な生活の可能性を追求することが可能になってきたわけです。それは実際に三省がやっていることでもあるし、私がやっていることでもあるのです。そして、ひじょうに皮肉なことですが、「近代ブルジョア民主主義」がそういう生き方を可能にしているんですね。つまり、ブルジョア民主主義は階級社会から離れたことにより、私たちが屋久島や諏訪之瀬島、長野やあるいはシエラネバダに移り住んで、再び原始の生活の可能性を探求させるような環境を与えてくれたのです。原始生活のすべてということではなく、我々にとって参考となるような生活の可能性を追求していく環境を与えてくれたということです。生き方の可能性、生き方の選択の幅を広げてくれたんですね。

山尾　そのとおりですね。つまり「近代ブルジョア民主主義」の一般化により、階級社会やそれまでの社会的なシステムをブルジョア民主主義そのものをも含めて変えていくことが可能になったということですね。

スナイダー　以前の体制を制約的なものと考えたんです。

――すると今度は逆に、それ以前にあったものが豊かなものとして選択の幅を持つようになった。

山尾　たとえば森というのは裸地、林の段階からだんだん変わっていって、極相*39というものをつくりますね。クライマックスです。森の場合はクライマックスにいたると安定しますが、人工のシステムの場合はそこまでくると変わっていかざるを得ない。現在の工業文明社会、及び消費文明社会は社会システムとしてひとつの極相に来たんだと思います。

*39 **極相**
ある地域における生態系の構成は移り変わっていくのであるが、その変遷が最終段階に達した状態を極相（クライマックス）と言う。この段階では生物群落は周囲の環境条件と平衡状態を保って安定する。

スナイダー　ある意味ではそうですね。

山尾　ゲーリーが言おうとしているのは、新しいオールタナティブ*40な森が、過去という土壌に基づいてまたできはじめているということだと思います。この比喩が適切かどうかは別として。

スナイダー　そうですね。それに最近では、いろいろなものを探求できるような充分な情報が手に入るようになりました。私たちは過去から学ぶことにたいへん関心がありますが、過去から学ぶと言っても、面白いことに徳川時代とか平安時代からではなくて、もっとさかのぼって縄文から学ぼうというのです。

それは伝統以前の伝統です。なぜ縄文なのか、という問題になりますね。これはまさに私たちがなぜネイティブ・アメリカンに学ぶのかということと同じです。

――なるほど。たいへん素晴らしい話になってきましたが、さきほどのお話は、ブルジョア民主主義、資本主義がクライマックスまで来て、そこで言わば逆説的に新しい選択を広げてきた、という認識だと思います。そうしますとやはり我々は極限まで来なければ、つまり破壊的な状況まで来なければ、

*40　**オールタナティブ**(alternative)「既存のものに代わる」、「代替の」などの意味を持つが、カウンター・カルチャーの文脈で言えば、「既存の工業文明に代わるべき文化」、「より好ましい代わりのもの」というような意味をこめて使われる場合が多い。

新しい選択をすることはできないのか。ゲーリーさんや三省さんの場合、かなり昔から先が見えていましたよね。政治、経済、環境、共同体の問題の行く末などについて、三〇年、四〇年近く前から予見していたわけです。けっきょく全体状況として、ここまで来ないとダメだったのか？　この質問をおふたりにしたいと思います。

アメリカの場合は再生への道筋を見つけはじめていますが、日本の場合はまだ開発が進んでいて激しく自然を壊していますよね。

スナイダー　中国もそうですね。

——　ロシアもそうだった。

スナイダー　今でもどんどん野心的にやっていますね。

山尾　それはとても難しい問題ですね。ぼくはひとりひとりの人がそれに気づいた時がその極相、クライマックスだと思うんです。たとえばゲーリーが三〇年前に気づいていたとしたら、ゲーリーはその時にそのクライマックスを見出していたんですよ。人それぞれ、その人の生き方や住んでいる場所によってそれが見えてくるんです。つまり見えた時がクライマックスなんだと思います。

スナイダー　私はこの話を歴史的な事象として、あるいは歴史のダイナミズムとして表現しようと思っていました。ひとつの見方としてですね。しかし中国の歴史を見てみると、どんな歴史的状況にあっても必ず道教的（タオイスト的）*41な質素でシンプルな生き方をしてきた人がいたんです。自分自身でそう選択した人がいつもいたんです。つまり、歴史的な状況によって選択の幅が決定されることもありますが、個人の内面から出てくる精神的なものによって決定されることもあるんです。たとえば老子の教えや仏教的な道を歩むことを選択した人たちなどですね。またガンディズム*42や仏教、ある宗派のキリスト教など暴力を否定する思想も精神的な影響を及ぼしてきたと言えます。反暴力の思想です。

――一般の人たちは現状にとても絶望感があります。個人的にも社会的にもいろいろなことをやってみたりしましたが、どうにもならず、ある程度時代全体が極相にいたらないと次の世界を迎えられないのかな、などと思ったりします。

スナイダー　そうかもしれませんね。

――そう思われますか？　私たちは極相まで待つべきだと？

*41 **道教**
中国固有の宗教で、老壮哲学の流れをくみ、易や陰陽五行説、神仙思想、仏教を取り入れて成立した。中国の民間習俗に強い影響を及ぼした。

*42 **ガンディイズム**（Gandhiism）
ガンジー主義、非暴力的抵抗主義。

スナイダー　政治が大きく改革されるためにはそうかもしれません。どんなに力をつくしてもダメになってしまうことはあります。しかしそれでも、行為は継続しなければいけないんですよ。インドの聖典バガヴァッド・ギータ＊43では、これはガンジーが引用しているんですが、我々は結果を考えることなしに行為を続けなければならないと述べています。

私が言いたいのは、確かに時代が来ない限り、状況は変わらないかもしれないが、それでも行動し続けなければならない、ということなんです。オールタナティブな道を追求したり、自分の住んでいる地域や、大きな広がりを持っているコミュニティーのために活動して、いい方向に向かうように行動し続けなければいけないということです。よく決定的な「答え」を求められますが、答えを出す必要はないんですよ。いろいろな試みをしながら進んでいくしかないんです。

＊43 **バガヴァッド・ギータ**
「神の歌」を意味する、ヒンズー教の最高の聖典。バガヴァッドとは、ヴェーダ、クリシュナ、シヴァ、ヴィシュヌをあらわす尊称。

山尾三省はこの縄文杉を「聖老人」と名づけた

ウィルソン株の洞の中を流れる泉で涼をとる

聖老人

山尾三省

屋久島の山中に一人の聖老人が立っている
齢《よわい》およそ七千二百年という
ごわごわとしたその肌に手を触れると
遠く深い神聖の気が沁み込んでくる
聖老人
あなたは　この地上に生を受けて以来　ただのひとことも語らず
ただの一歩も動かず　そこに立っておられた
それは苦行神シヴァの千年至福の瞑想の姿に似ていながら
苦行とも至福ともかかわりのないものとして　そこにあった
ただ　そこにあるだけであった
あなたの体には幾十本もの他の樹木が生い繁り　あなたを大地とみなしているが

あなたはそれを自然の出来事として眺めている
あなたのごわごわとした肌に耳をつけ　せめて生命の液の流れる音を聴こうとするが
あなたはただそこにあるだけ
無言で　一切を語らない
聖老人
昔　人々が悪というものを知らず　人々の間に善が支配していたころ
人間の寿命は千年を数えることが出来たと　わたしは聞く
そのころは　人々は神の如くに光り輝き　神々と共に語り合っていたという
やがて人々の間に悪がしのびこみ　それと同時に人間の寿命はどんどん短くなった
それでもついこの間までは　まだ三百年五百年を数える人が生きていたという
今はそれもなくなった
この鉄の時代には　人間の寿命は百歳を限りとするようになった
昔　人々の間に善が支配し　人々が神と共に語り合っていたころのことを
聖老人
わたくしは　あなたに尋ねたかった
けれども　あなたはただそこに静かな喜びとしてあるだけ

無言で一切のことを語らなかった
わたくしが知ったのは
あなたがそこにあり　そして生きている　ということだけだった
そこにあり　生きているということ
生きているということ
聖老人
あなたの足元の大地から　幾すじもの清らかな水が沁み出していました
それはあなたの　唯一の現わされた心のようでありました
その水を両手ですくい　わたくしは聖なるものとして飲みました
わたくしは思い出しました
法句経九十八
　村落においても　また森林においても
　低地においても　また平地においても
　拝むに足る人の住するところ　その土地は楽しい――
法句経九十九
　森林は楽しい　世人が楽しまないところで　貪欲を離れた人は楽しむであろう

かれは欲楽を求めないからである――
森林は楽しい　拝むに足る人の住するところ　その土地は楽しい
聖老人
あなたが黙して語らぬ故に
わたくしはあなたの森に住む　罪知らぬひとりの百姓となって
鈴振り　あなたを讃える歌をうたう

『びろう葉帽子の下で』より

第六章 バイオリージョナリズム——流域の思想

スナイダー　少しバイオリージョナリズムの話にまた戻りましょうか。ここまでは地方や田舎に住むという視点で（カントリーライフをおくるという視点で）三省と私をモデルにしながらオールタナティブ・ライフスタイル（これまでとはまったく違うライフスタイル）について語ってきました。しかし最近のバイオリージョナリズムの認識では、都市と地方との生活を厳密に分けて考えるべきではないとしています。これはつまり文字どおりに言えば、私たちはみな同じ川の流れの中――「流域（ウォーターシェッド）*44」にいるということなのです。

山尾　その「ウォーターシェッド」という言葉は、川の流域、川の流れの中というような意味ですか？

スナイダー　川に囲まれたひとつの場所、あるいは川全体、盆地という意味もあります。

山尾　日本語にする場合は「流域の思想」などというように言葉を統一したほうがいいかもしれませんね。

スナイダー　この言葉はある場所の水質が川全体の水質に影響していくというような意味で、便利に使える言葉なんです。また木や鳥、動物や人間はみ

*44
ウォーターシェッド
（Watershed）
基本的な意味は「分水界」、「流域」、「分水界に囲まれた地域」。近年の環境思想、特にバイオリージョナリズムのキーワードのひとつである。アメリカ合衆国だけでなく、日本でも近年注目されるようになってきた概念であるが、ひとつの流域を中心として成立する人間と自然の共同体の全体像を示唆する言葉。

んな同じひとつの地域、世界に住んでいるということも意味します。私の住んでいるここの小さな泉の流れがサンフランシスコまで流れていくんですよ。この泉からユバ川*45に注ぎ、サクラメント川*46に流れ、そしてサンフランシスコ湾に出てゴールデンゲートの下を流れていくんです。だから私たちは、みんな同じ「くに」に住んでいるわけです。

この場合の「くに」という言葉は、昔みんなが領土をめぐって槍を持ちつつ戦っていた頃のイメージで、「国（ネーション）」とは違った意味です。たとえば「武蔵のくに」とかですね。「くに」とは自然に分けられていったものだと思います。

山尾　まったくそのとおりです。「クニ」という言葉は、漢字の、国、つまり直線と直角で囲まれた国と、古郷の郷の字を郷と呼ぶカントリーに分けて考えなければいけないんです。私は古郷の郷の字を「くに」と呼ぶのが好きです。それは私の詩のテーマのひとつです。

スナイダー　「ウォーターシェッド」というのは自然に形成されていったひとつの「くに（ナチュラルネーション）」なんですよ。

山尾　では「ネーション」とは何だとお考えですか？

*45
ユバ川
カリフォルニアのゴールドラッシュの原因となった金の発見者、ジョン・A・サッターが命名した。北・中・南の三つの支流を持つが、スナイダーの住むサン・フアン・リッジ（San Juan Ridge）は、南支流と中支流の間にある尾根である。

*46
サクラメント川
カリフォルニア州北部のシャスタ山を水源とし、南に下り、州都サクラメントの近くを流れてサンフランシスコ湾に注ぐ。長さ六一五キロメートル。

30年ぶりの再会にもかかわらず、時間のへだたりをまったく感じさせない

山尾三省にとってスナイダーは仲間というよりも兄のような存在かもしれない

スナイダー　先ほどからそれを考えていたんですが、私はネーションとは、同じ人種と言語体系を持った人々のひとつの大きな集団、ひとつの大きな社会だと考えます。別に一部族だけということではなく、その中にいろいろな部族を含んでいるような大きな集団で、同じ言語を持った人たちのことです。たとえばゲルマンネーションというのがありましたが、中世になってからプロシアのようないくつかの小さな政治体に分けられてしまいました。イタリアも同じです。ヨーロッパのほとんどがそのように分けられてしまいました。そしてこの小さな政治体を同じ言語を有するひとつの大きな政治体にまとめると「モーダン・ネーション・ステイト」、つまり近代国家というものが生じてくるんです。近代ドイツ、近代イタリアがその例です。

　ここでバイオリージョナリズムにおけるナチュラル・ネーションということについて話を戻しましょうか。この場合のナチュラルネーションというのは社会的な国家ではなく、自然の境界によって分けられたネーションのことをさします。これはたいへん新しい考え方で、ひじょうに現代的な思想ですね。そして同時に古い考え方でもあります。私にはサンフランシスコで同じような活動をしている友人たちがいますが、彼らはウィルダネスだとか田舎だとか関係なく、どこにいてもその場所と共に生きて、そしてそのための活動がどういうものであるかを理解しています。そして自然の世界と人間社会、自然（環境）問題と社会問題、これら両方を考えてその場所のために活動しています。

山尾　具体的にはどういうことでしょうか？

スナイダー　たとえば「フレンズ・オブ・ザ・ロサンゼルス・リバー」[*47]というグループがあります。白人も黒人も一緒に入ったグループで、ロサンゼルス川の環境改善を目的としています。実はこの川の状況はひどいんです。本当にひどい。まるで東京の墨田川のようですよ。悲惨なまでに汚い。

山尾　汚い川の例なんですね。

スナイダー　そう。でもこのグループの精神は「川は偉大だ、川はいつでもここにある」というもので、彼らの活動の目的は川が人々に愛され、ロサンゼルスの市民生活の一部になることです。そしてそれが的を得ているので、ついには新たな法律を作るまでになりました。

山尾　川のために新しい法律ができた？

スナイダー　そうなんです。小さな川なんですよ。でも彼らはだんだんとそ

＊47　**フレンズ・オブ・ザ・ロサンゼルス・リバー**（Friends of the Los Angeles River）略称はFoLARロサンゼルス川とその全支流の生態系を回復し、流域全体にわたる自然保護を目的とする団体。

の川を甦らせています。

山尾　どんな法律を作ったんですか？

スナイダー　主として規制法です。たとえば川の大部分はフェンスで囲まれていて、近づけなくなっています。沖縄の那覇の繁華街を流れている川をご存知ですか？　ロスでもあの川と同じように、上を覆われたり深く掘られたりしています。場所によっては、上を完全に覆われて舗装されていることもあります。

このFoLARのような動きは住んでいる土地を理解し、自然生活の一部になって、自然を再生していくことを認識する運動のいい例ですね。言ってみれば川の神さまのための活動です(笑)。この川には昔たくさん鮭が上って来ていたと彼らは言うんです。そしてまた、「鮭はこの川に戻らなければならない。我々はその日まで活動をやめることはない！」とも彼らは言っています。これはまさしくさっき言った精神的選択みたいなものですね。「がんばりますよ、何年かかっても」ということです。これが都市における自然と社会の問題です。これは都会人のドラマですね。

――　それが自然の問題であることはわかりますが、どうして社会の問題なのでしょうか？

スナイダー　法律を作ったり経済的な問題を含んでいるからです。ところでこのような活動の中で詩人のはたす役割なんですが、この組織の仕掛け人は実は詩人なんです。

――そのロサンゼルスのですか？

スナイダー　「フレンズ・オブ・ザ・ロサンゼルス・リバー」です。彼らは川のために祭りのようなフェスティバルを開催したんです。ロサンゼルス川祭りですね。汚い川のためにダンスをしたり、詩を読んだり、そして音楽を演奏したりもするんです。ちょっとしたことでいいんですよ。こういう活動をアーバン・バイオリージョナリズム*48と言いますが、いまアーバン・バイオリージョナリズムはたいへん活発です。そういうグループがサンフランシスコやロサンゼルスにもあります。そしてニューヨークにはハドソン川流域のグループがあります。

――実は僕も多くの仲間と東京で同じようなことをやっているんです。詩人こそいませんが。荒川の上流、狭山丘陵の多摩湖を源流にした北川という川ですが、幅五メートルほどの本当に小さな川なんです。ご多分にもれず、

*48　**アーバン・バイオリージョナリズム**(Urban Bioregionalism)は、生態地域主義(生命地域主義)は、行政的に分割された「地域」ではなく、生態系を基礎として分割されたバイオリージョン(生態地域／生命地域)を生活の中心に据えることを提唱する。このような意味では、都市もひとつのバイオリージョンであると見ることができる。

コンクリート護岸の汚い川なんですが、二年前から「清流を取り戻そう」ということで川のクリーンアップやお祭りなどもやっています。

スナイダー　そうですか。

——　子供たちを近くの公園で遊ばせたりもしていますが、いずれ彼らが川で泳げるように、コンクリート護岸をはがしてきれいな川を何年かかっても取り戻そうと頑張っています。その川で去年はカヌーを出して子供たちを乗せたりもしました。

スナイダー　それはとても面白いですね。

——　僕たちの活動している川はいちばん上流なんですが、上流、中流、下流というように流域のネットワークができつつあります。多摩川の場合はすでに多摩川流域ネットワークというのができあがっています。

スナイダー　それはまさしく今、アメリカでいろんなグループがやっているのと同じことです。驚きですね。

——　ただ若い世代が地域に根ざしてエコロジー的な活動に共感できるかどうかは疑問なんです。

スナイダー　そうですか。それでは違う角度から見てみましょうか。これは場所に留まるということに関連してきます。もしも彼らが場所に留まるという考え方——場所に生活し、場所に生きるという考え方がなければ、べつに面白いとは思わないかもしれません。でも「私も子供たちもずっとここに住んでいくんだ」と考えれば、ものの見方も変わってくるし周囲の問題に対する態度も変わってくるはずです。

山尾　そういう若い世代は確実に増えてきているように思いますね。

——それから僕はここ数年、たいへん貴重な体験をしています。ふたつほど例をあげますと、ついこの間、僕たちの川の流域で縄文遺跡が発見されたんです。昔はこの川のほとりで縄文の人たちが生きていたんだと実感しました。集落跡は丘陵の南斜面で前には川があるから魚も獲れるし、もちろん飲料水として利用できる。そして裏は山で森があり獣もいるので狩猟採集ができる。彼らはひじょうにすぐれた知恵があったと思います。東京の川でも流域にあちこち同じように縄文の人たちが住んでいたんですね。古代がいきなり現代に甦ったようで強い印象を受けました。それがひとつです。そしてもうひとつは日本の伝統的な人、元からの住人というのは村社会の中でひじょうに封建的だったり保守的だったり、とかく「古い」とされてますね。一方新しい住民は先進的だし、考え方も革新的だということで、今までは両者は対立してきたわけです。新住民は旧住民を「あんた方は考え方が古い！」とさかんに批判する。旧住民は「おまえ達のやっていることは地域に根ざさないで観念的なことを言っているだけじゃないか。俺たちはずっとここで生きてきたんだ！」と批判する。相互不信、対立の構造が長く続いていたわけです。

ところが最近、川のクリーンアップ作戦やいろいろな活動を媒介にして、古い住人と新しい住人がそこでシンクロナイズしてきたんです。昔の住人は昔の川のよさ――高度成長期前のきれいな川を知っているんですね。「昔じいさんたちはここで泳いでいたんだ」と。つまり川を守り、かつての清流に戻そうということに関しては彼らも賛成なんですよね。もちろん私たちも大賛成です。川を通じて、古い人たちと新しい人たちの交流がはじまってきたのです。たいへん面白いことだと思います。

スナイダー　まったくそのとおりです。それもバイオリージョナリズムのひとつの精神ですね。川が古くからの住人と新住民の交流の場になるんですよ。

山尾　そういうポイントがこれからたくさん出てくると思います。ひとつは川、そして次の例をあげれば土ですね。

スナイダー　土壌ですね。

山尾　はい。森のような自然の場所の土、ということでもありますが、もうしばらくすると都市でも「土が欲しい」という動きが出てくると思います。もうすでにそれははじまっていて、大阪ではある建築家のグループが、アスファルトをはがし、土を敷いて木を植えはじめているんです。少しずつですけどね。

スナイダー　そういう動きがあるんですか?

山尾　土を欲しているんですね。具体的にお話ししましょう。数年前に、JR大阪駅前の一平方メートルが何百万円もするような土地に、新梅田シティという環境創出型の建築群ができあがりました。〈野生のコスモロジーと共生する風景の創造〉というコンセプトを持った、吉村元男さん*49という建築デザイナーのグループの人たちの仕事です。建築技術を駆使して、空中庭園と呼ばれる高層のビジネス空間を作ると同時に、その周囲に大きな林や、野原、流水や滝、土の道などを、デザインとして創り出しました。僕はそこを見に行き、半日ほどそこで過ごしましたが、少くともそれはビジネス街の中

*49
吉村元男（一九三七〜）
京都生まれ。京都大学卒業。一九六八年に、環境事業計画研究所を設立し、以後、大阪万博記念公園の設計をはじめ、数々の都市庭園の創出を通して、〈都市は野生でよみがえる〉というコンセプトを実現しつつある。大阪駅前の「新梅田シティ」の設計は、〈野生のコスモロジーと共生する風景の創造〉という願いにおいて実現されたものである。著書に「ランドスケープデザイン」（鹿島出版会）他、多数。

心地ではなく、ひとつの大きな公園のようでした。特に土の道が再生されていることに、喜びと希望を持ちました。ですからその考え方を延長していけば、いつかは舗道をはがして、いくつかの道を土の道に返す、ということが都市において支持される可能性も出てくると思います。川を泳げる川に戻すのと同じように、土の道を都市に戻していくんです。その先には森林都市というような、さらに大きなヴィジョンも当然具体的に展かれてくると思います。さきほどゲーリーが言ったように、それはバイオリージョナリズムのひとつの大きな概念としての「アーバン・バイオリージョナリズム」と言えるのではないでしょうか。

――つまり、川はひじょうにシンボリックなものであり、単に川の流域の中でものごとを考えるだけでなく、その中には土の問題もあるし、山の問題も、そして森の問題もあるというように広げられる思想――それがバイオリージョナリズム、あるいはウォーターシェッド、流域の思想なんですね。

スナイダー　流域の思想とはすべてのことに言えることなんです。バイオリージョナリズムとはまた、自分の隣人をよく知ることでもある。隣人といっても人間だけではなく、ノン・ヒューマンの存在も含んでいます。それは木であり、川であり、すべてを含んでいる。実は人に説明する時に、これはいい話の進め方になるんですが、アメリカでは保守的な人は、「隣人」とか「コミュニティー」というのをひじょうに大事にします。ですからバイオリージョナリストは、「そう、隣人です。コミュニティーなんですよ！」と言ってから、「隣人は人間だけをさすものではないんですよ」とつけ加えるんです（笑）。

山尾　たいへん素晴らしい考え方であり、方法論だと思います。

――　過去二〇年間のアメリカの環境保護運動の変化についてはどう思われますか？

スナイダー　二〇年か二五年前は、山やウィルダネスを愛する人は、サンフランシスコやロサンゼルスなどの都市に住んでいることが多かったんです。シエラクラブ*50の人たちなどですね。彼らはロッキーやシエラネバダでバックパッキングやクライミングを楽しんでから、また街に戻っていくという生活でした。そしてその頃は都市問題とは解決不能な問題だと考えていました。

山尾　自然の中に逃げこんで行ったわけですね。

*50 **シエラクラブ**（Sierra Club）　一八九二年にジョン・ミューアによって創立された。当初はシエラネバダ山脈の保護を目的としていたが、現在はアメリカの指導的な環境保護団体であり、会員数は六五万人。環境に関する出版事業では世界最大規模の活動を行っている。本部はサンフランシスコ。

スナイダー　ええ。つまり彼らはウィルダネスの周辺だけで環境問題に取り組んでいたんですね。しかし今は、山、郊外、都市、どこに住んでいても環境のすべての側面に目を向けるようになってきました。山だけでなく森林の伐採、山地での農業など環境全体に注目するようになってきた。全体性というものから学ぶ必要があると考えるようになった。

山尾　ひじょうに面白いですね。日本の場合はまだ状況的には遅れているところはあると思いますが、新しい動きも数多く出ていることを考えると、希望は持てます。

流域の思想が、新しいクニを作る

五つの根《リゾーマタ》について

山尾三省

水は
水の真実を　流れている
土は
土の真実を　暖めている
樹は
樹の真実を　繁らせている
火は
火の真実に　静止している
そして大気は
大気の真実を　自ら呼吸している
そして　あらゆるものを包み　あらゆるものの底に
水が　流れている

水が　真実に　流れている

『びろう葉帽子の下で』より

第七章

水の惑星

―― 今日は対談二日目、昨日からの続きとなりますが、まず最初に森や自然の中で暮らす楽しみということについておふたりから発言をいただけますでしょうか。

山尾 では僕の方から話をいたします。「自然の中で暮らす楽しみ」についてということですが、僕の場合は屋久島という場であり、山であり、森、自然一般ということになります。実は、僕の住んでいる家のすぐ前に小さな渓谷があります。とても急な流れの川ですが、その川の水を引いて暮らしています。飲料用だけでなく、料理や食器洗い、洗濯も全部その水を使います。もちろん風呂にも使います。そうすると生活の中に生きている水が川から全部入って来るんです。それはいちばんの喜びですね。

スナイダー 三省が昨日、地と風と水と火というテーマで話しましょうか、と言った意味がやっとわかりました。水は大事ですね。

山尾 九五年に神戸で大地震がありましたね。覚えていらっしゃいますか?

スナイダー ええ。

山尾 その時に、神戸の人々がまず困ったのは水がないことだったんです。水道管が壊れて何万世帯もの水がストップしてしまったのですね。神戸にはもちろん大きな川が流れていますが、その水が飲めない。

スナイダー　それほど悪いんですか？

山尾　とても飲める水ではない。

スナイダー　沸かしても？

山尾　煮沸してもだめでしょう。

スナイダー　化学的にやらないとだめですか？

山尾　蒸留すれば大丈夫かもしれませんが、なんとも言えません。実際には外から水をどんどんタンクで運んできました。その神戸の震災があった時に、僕はひとつの「願い」を持ったのです。私は屋久島という場所で生きた水を飲むことができる、使うことができます。しかし日本の圧倒的な大都市、中都市、市町村を流れる川の水は飲むことができない。それをもう一度二一世紀に向けて、全部飲める水に戻していきたいという願いを持ちました。その願いを持ったということが大きな生きる楽しみですね。水を基軸にしてこれからの未来に向けた文明の設計とかヴィジョン、そういうものを描いていきたい。

スナイダー　いい願いですね。

山尾　近代の一〇〇年をかけて水を汚してきたわけですから、そう簡単に日本中あるいはアメリカも含めて、世界中の水が飲めるようになるかどうかはわかりません。しかし、それこそ最新のテクノロジーも使って、川の水をもう一度飲める水に戻していく。そういうプロジェクトを世界中でたてるんです。昨日のロサンゼルス川のプロジェクトの話のようにですね。そのアイディアが自分に浮かんだ時に、僕はとても楽しかったですね。生きる元気がわいてきました。

スナイダー　それは世界がひとつの流域であるという考えと結びつきますね。この地球はひとつの流域なんですよ。

山尾　昨日お渡しした内田ボブ*51の「水の島」というＣＤのテーマでもあります。

スナイダー　昨夜、聴きました。So nice.

山尾　よかった。彼にそう伝えます。あの「水の島」というタイトルは、たぶんゲーリーの影響なんですよ。タートル・アイランドをウォーター・アイランドに変えたんですね。その意味は Water Planet（水の惑星）ですね。

スナイダー　とても素晴らしいですよ。世界はひとつの水が循環しているひ

*51
内田ボブ
シンガーソング・ライター。長野県の大鹿村に住む。部族の仲間で、サカキ・ナナオが日本語に訳したスナイダーの作品のいくつかに曲をつけた。

とつの流域であるというのは、ローカルと、またユニバーサルの両方の意味を含んでいます。今まで我々はそのように考えることがありませんでしたが、これはとてもいい考え方ですね。ですから地元のローカルなレベルで水の問題に取り組むということは、同時に世界的なレベルで水の問題に取り組んでいるということにつながっているんです。なぜなら世界はひとつの流域で、そこではすべての水がつながっており、循環しているからです。地元でそのように水の問題に取り組むということは、別に狭い活動ではありませんし、自分たちのことだけを考えているということではないんです。

山尾　私もそう思います。

スナイダー　これはバイオリージョナリズムの持つコスモポリタン的な側面ですね。

山尾　そういう意味では、家庭排水に合成洗剤や油を混ぜないことなど、ちょっとした心がけが全体をクリーンにしていくわけですよね。

スナイダー　私はそういう考え方が好きなんですよ。それはまた、森の健康ということにも結びついてきますからね。

山尾　ゲーリーのところの井戸はポンプで引いているんですか？

裏の森から眺めたスナイダーの家の全景

スナイダー　はい。森の上の方のタンクまでポンプで上げて、それから重力で水が戻るようになっています。

山尾　これは生の水ですね。

スナイダー　そうです。とてもきれいですよ。他に湧き水もありますし、夏はその湧き水を直接使います。

山尾　ゲーリーはここに住むと決めた時に、水がどこにあるかはじめからわかっていましたか？

スナイダー　一〇〇年以上昔からここに住んでいる人の末えいがいますからね。一九世紀の金鉱時代＊52から。だいたいそういう人たちはよく知っています。一〇回掘ると九回は水が出るとかね。だいたい一〇〇フィート、三〇メートル掘ると水が出てきます。だから心配しなくて大丈夫、と言われましたね。

山尾　土地を買う前にその質問をしましたか？

スナイダー　あとでした。

山尾　（笑）

スナイダー　でもね、マツやクロカシ、マンザニータを見たら、ここは雨が

＊52
金鉱時代
スナイダーが住むカリフォルニア州ネバダ市は、一九世紀のゴールド・ラッシュの中心地の一つであった。近くには金採鉱跡として有名なマラコフ・ディギンズがある。

充分に降る土地だとわかりました。充分に雨が降るなら地下にも水があるはずなんです。

山尾　木を見ればわかるわけですね。木や森と水の関係について言いますと、日本の場合、森がだめになったときに川もだめになってしまった。そして海もだめになった、ということが最近よく言われるようになった。東北の漁師たちが数年前にとてもいい言葉を言ったんですよ。「海がだめになって魚が獲れなくなった。その理由はなぜかと考えたら、山に森がなくなったんだということに思い至った」と言い、そしてこれが素晴らしい言葉なんですが、漁師が「森は海の恋人である」と言ったんですよ。

スナイダー　素晴らしいですね。

山尾　海を豊かなものにするためには川も豊かにし、結論としては山に、広葉樹をもう一度植えて森を復活させるべきだという考え方に至る。それを今、具体的に実践しはじめているんですね。

スナイダー　実に正しいですね。とても大きな問題です。アメリカでもカリフォルニア州、オレゴン州、ワシントン州、アラスカ州では、鮭の数が減っているんです。森を開発してるから、鮭が産卵できない。川で卵を産むことができないんです。それで漁師と林業の人が喧嘩になったわけだ。でも、アメリカがそれに気づいたのは一〇年前からです。日本の漁師はよくわかっていたね。

山尾　わかっていますね、昔の人間はすべてわかっていたと思います。屋久島の漁師たちも昔から森が枯れると海が枯れると言って、特に海岸付近の森を魚つき林と呼んで、絶対に伐ってはいけないとしてきました。一緒ですね。

スナイダー　これは最近わかったことですが、カナダのブリティシュ・コロンビアの森の中では、川のそばにある木がとても大きくなったんです。理由は熊と鮭の関係なんですよ。

山尾　肥料ですか？

スナイダー　そうです。川のそばにある木が大きくなるというのは、鮭が肥料になるからです。つまり熊が全部食べないで残すから、木の肥料になるわけです。昔はね、鮭いっぱい、熊がいっぱい。

山尾　（笑）

スナイダー　ホントにたくさんいたらしい。鮭は川にたくさんいたんです。だから熊は、どんどん獲っていって、木の周囲にどんどん置いていく（笑）。

それはひとつの例ですね。森と海が恋人の例。

山尾　川はその仲人というわけですね。

スナイダー　鮭は珍しいね。素晴らしいことです。太平洋の海深くまで行って、そしてまたこの山の中に戻ってくる。素晴らしいことです。まあ、だいたいこんなことが、森で暮らす楽しみですね。でも私自身の森の喜びについて、もう少しつけ加えさせて下さい。それは森ではいかに多くのことが生起し、いかに忙しく、そしてまたいかに森から学ぶことが多いかということです。街に暮らす私の友人たちは、「森に住むということは退屈なことに違いない。それに比べるとダウンタウンの夜の生活というのは、とてもエキサイティングだ」と言うんですね（笑）。だから私は彼らに、「もし君たちが、森でいつもどんなことが起きているかわかったら、それが夜のダウンタウンと同じくらいの楽しさだということがわかってくるはずだよ」と答えるんです。森では毎日が忙しくてね。フクロウが前の晩に殺した鳥の羽や、あるいはコヨーテに捕まったリスの毛が少し残っているのを見つけたりとか。絶え間なくいろいろなことが起こっているんです。そういえば、二日前に七匹のリスが私の書斎の周りを駆けまわっていました。互いに交尾しようと駆けずりまわっているわけです。

ロマンスの時期だからね。七匹のロマンスでしたよ(笑)。そのリスたちはとても興奮していたから、私の書斎の中を駆け抜けていったんです。何も怖れていませんでした。恋するティーンエイジャーたちみたいだったね。

一同　(笑)

スナイダー　他のことや他人のことなどお構いなく、何も恐がらない状況でしたよ。いつもいつも一年中、いろいろなことがある。毎週、必ず何か新しいことが起こるんです。ちょうど一週間前には中米からの渡り鳥がこのマンザニータの藪の中に飛んできました。あのマンザニータの中に巣があるんですよ。

山尾　渡り鳥ですね。

スナイダー　そう、渡り鳥です。いろんな小鳥が来ますよ。美しい声で鳴く渡り鳥が中米からたくさんやって来て、マンザニータに巣を作るんです。これから作るんです。Very busy. 六月になるとヒナたちはもう飛べるようになるんです。ここは暑くなると食べ物も減りますから、そうするとみんな一緒にまた高い山に飛んで行きます。この土地ではだんだんとそういうことがわかるようになってきた。

山尾　ここに住むことによっておのずからわかるようになったんですね。

スナイダー　そうです。目の前で見ますからね。そしてよく知っている人と話しあったり、一緒に散歩したりしていろいろ学びました。ここで地球のプロセスがもっとわかるようになってきました。たとえば惑星のエコロジーというのは、惑星の経済とパラレル（平行）になっているということとかですね。こういうものの見方は、古代の人たちのものの見方かもしれません。しかしそれは同時に、近代科学とも交差しているんです。またそれは未来にとってひじょうに本質的で、重要な情報になっています。

――「それ」とは何ですか？

スナイダー　つまりこのような具体的な自然のプロセスを理解するということです。

山尾　僕はそれをリビング・サイエンス、生きている科学、と呼んでいます。

スナイダー　リビング・サイエンス、そうです。ラボの科学、実験室の科学とは違いますね。

山尾　両方とも科学ですが、ひとつは生きている生活の科学というものですね。

スナイダー　とてもいい言葉ですね。

山尾　もう一方の原子爆弾のような科学は「死の科学」です。やはり科学も両面持っているということをはっきりさせたいですね。

スナイダー　このような自然のプロセスを理解する知識を持つことは、まだ伝統的に自然の中で生活をしている人々の世界に見られます。これが私たちが再定住と呼んでいる生き方の一部分なのです。

屋久島の南、鯛ノ川を落下する滝

滝

ゲーリー・スナイダー

石の縁の上から
　クリークがひとつになって跳び出し
　水しぶきになり、いくつもの吹き流しに分かれ
すべて　を解き放つ

その上方、奥まったところにある雪原が
突出した花崗岩の間で揺さぶられ
　夏の太陽の中でスポンジのようになると
やがてその下から水が流れ出す
花の根やコケやヒースが絡んだ
どろどろとしたいくつもの浅い流れは
湿った草地に染み込み

平らな砂地に集まってキラキラと輝き
それから岩棚から空中へ一気に跳び出して行くのだ――
滝壺の大岩に砕けて轟き
痛みもなく、戯れながら
小さな水滴が再び集まり
最も低い地点を目指して
砂利の川床を
流れ下っていく

止めようとしても無駄だ、水は滔々と巡り行くだけ――

シエラ・ネヴァダは
このような高みまでその心臓部を押し上げた
断層地塊の隆起
西に傾斜する地殻の圧力――それは雲を

高く押し上げ、ぐるりと回すひとつの方法――
だから松の木はその葉の細胞に閉じこめられた陽の光で
　グンと伸びていく――養分を含んだ鉱物がここに集まる
それは魔法の歌のように
最後は海に出て
　　でっかいカヌーになりたいと願っている
　杉の木を導いていく。
夜となく昼となく　世界をめぐる、やわらかい吐息
上昇し、そして下降する。

偉大な精神が通り過ぎていく、
鋭く研ぎ澄まされた思いを抱いて
四方に広がりながら

虹が空中にかかって動かない

流れ落ちる水の揺らぎで
ほんのすこし震えるだけ
　隆起する山々と下降していく水の間で
　身じろぎもしない。
ぼくは轟く水しぶきと霧の中にびしょ濡れになって立ち、
祈る。

『終わりなき山河』より（山里勝己訳）

第八章

再定住と文学

――読者のために再定住についてもう少しお話ししていただけますか？

スナイダー　私たちのような教育を受けた根無し草の二〇世紀の人間が、コスモポリタニズムを捨てることなく意識的に場所に回帰しようとすることを、私は再定住と呼んでいます。

――そうすると現状認識として、二〇世紀、つまりこの一〇〇年というのは根無し草の時代だったということでしょうか？

スナイダー　そうなってしまいましたね。伝統的な国でもみんな街に行こうとするようになってきました。

山里　根無し草ということですが、僕はゲーリーさんたちの文学は場所の文学[*53]であると思うんです。この再定住の考え方を文学的な見方からもう少し話していただけますか？

スナイダー　文学的な立場からと言いますと？

山里　たとえば歴史的にあなたの先輩にあたる人々がしてきたことなどについてどう思われるかです。

スナイダー　先輩とは作家ということでですか？

山里　はい。モダニズムの作家や詩人たちです。

*53 **場所の文学**
モダニズムの文学が移動を繰り返し、都市を漂流する人物たちを描く「移動の文学」(Literature of Motion)であったとするならば、場所とのつながりを重要なテーマとし、再定住を提唱するスナイダーのような詩人の文学は、「場所の文学」(Literature of Place)と呼ぶこともできる。いわゆるネイチャー・ライティングの作品の多くも「場所の文学」の範疇に入る。

スナイダー　わかりました。ただその前にちょっと言わせて下さい。再定住のモデル、ということで最初に人々の頭に浮かぶのはもっと別の人かもしれませんが、私の頭に浮かぶのはソロー、『森の生活』の作者なのです。なぜならソローは『森の生活』の中で、ひとつの場所を宇宙的な視野で眺めるということを完璧に行なったお手本のような人ですから。

それで、この再定住の思想がどのように文学に入り込んでいったかをお尋ねでしたね。これはとても新しいことなんです。私はモダニズム文学について賞賛したいこともたくさんあります。文学運動としてのモダニズムはとてもコスモポリタンで、都市中心型で、ひじょうに洗練された国際的な価値体系を持った文学だと言えます。ですから若い教育のある人たちにとっては、とても魅力ある文学と言ってよろしいでしょう。しかしながら、モダニズムには伝統や場所、そして自然を重要視するという姿勢は見られません。

山里　それらを無視してしまうんですね。

山尾　『神の小さな土地』のアースキン・コールドウェル*54についてはどうですか？

スナイダー　南部の作家ですね。彼はモダニストではありませんが、とても

*54　アースキン・コールドウェル（Erskine Caldwell　一九〇三〜一九八七）『タバコ・ロード』（*Tobacco Road*　一九三二）などで知られる作家。

書斎におけるスナイダー。パソコンにたよらず時に手書きで詩を書くという

すぐれた地域を描く小説家です。でもいわゆるパリとかニューヨーク、ロンドン、東京のようなモダニズムではないのです。

それではポストモダニズム*55についてお話ししましょう。ポストモダニズムのひとつの傾向としては、それはとても複雑でとてもエレガントなものだということです。私と私の仲間たちのやっている文学というのはポストモダンのもうひとつの方向性を帯びたものだと言えるかもしれません。それはモダニズムを拒否しているのではなく、そこからある種の教訓を学んで、その教訓を地方に持っていき、生かしていくというものです。

山尾　田舎と言ってもいいですか？

スナイダー　そうですね、つまり場所、自然、地域、そして原始的な場所にそれを持っていくということです。たいへん面白い移り変わりですね。エズラパウンド*56の例をとってみれば彼が晩年に、いかに仏教的な方向に思考が変化していったかがわかるはずです。

山里　ゲーリーさんがモダニズムから学んだ教訓は何ですか？

スナイダー　今まで考えたことがありませんでしたから、ちょっと考えてみないといけませんね。

*55 **ポストモダニズム**（Postmodernism）一般的には、モダニズムに対する反動として登場した新しい文学、文化、そして思想の諸相をさす。スナイダーは特にモダニズムに見られる都市を強調する傾向や直線的な歴史観を批判し、エコロジー、仏教、あるいはアメリカ先住民の神話などを融合することによりその限界を超えようとする。たとえば、場所、あるいは自然と人間の関係性、プリミティブな文化の力と可能性などを強調するスナイダーは、詩人を社会から疎外され孤立する存在としてとらえたモダニストに対して、自然と人間が形成する「コミュニティー」の中に詩人の位置を確立しつつ、新しい思想を提起する。

*56 **エズラ・パウンド**（Ezra Pound

しかし簡単に言えば、モダニズムの中における、極端なコスモポリタニズム、自らを疎外するようなインターナショナリズムは、たとえば日本のアバンギャルドの芸術家たちのように、どのような社会におけるどのような階層や階級とも結びつきを持たないものです。モダニストの芸術家や作家たちは自分自身の部族のようなものにしか所属しないのです。

山尾　そのとおりです。

スナイダー　もしも成功した人同士ならば、彼らはどんな街にいてもお互いの名を知っているし、世界の首都や芸術の都、世界の大学などが彼らの領域、テリトリーになる。その有利な点、長所は何かと言うと、自分がモダニストの世界以外のどの社会にも所属したくないと思うところまで周縁化されてしまうと、今度は自分がどこに行きたいかを選択し、じっくりとその世界を見つめ直すことができるようになるんです。たとえばそれはサカキ・ナナオや他の多くの人たちがやっていることです。周縁化されたあとで、また再びどこかの社会の中に入って行こうとするのです。そして縄文時代に行きたいとか、あるいは亀の島の世界に入って行きたいと思うようになるのです。モダニストたちがもたらした教訓とは、人がとても実験的になることができ、そ

一八八五〜一九七二）二〇世紀前半のモダニズムを代表するアメリカの詩人。T・S・エリオットとともに二〇世紀の詩を創造したと言われる。一九四八年にボリンゲン賞を受賞。その詩はスナイダーだけでなく、多くのアメリカ現代詩人たちに大きな影響を与えた。

してとても大胆に、自由になることができるということです。

山尾　今、私は、ゲーリーの昔の友人であるグレゴリー・コーソ*57のことを思い出しました。彼は一九五〇年代に「空気はどこにでもあり、人生は変えられる」とうたいましたね。彼はどちらかと言えばニューヨークの不良少年です。その彼が空気はどこにでもあって、人生は変えられるんだと言ったんです。私にとってはその言葉がスタートでした。

山里　「そこまで周縁化されてしまうと」とおっしゃいましたが、そこがモダニズムが終わるところであり、そこはまた新たな出発をするところでもあるということですか？

スナイダー　そうですね。留まるところでもあり、またスタートするところでもあるんです。その周縁化された状態で留まっていると、残りの一生をパリのカフェのようなところで過ごすようになるんですよ。

山里　そこから今度出発する人たちがポストモダニズムの作家たちなんですね。ゲーリーさんとか三省さんという書き手たちは自分の場所を選択する自由があったわけですね。

スナイダー　そしてまた歴史のどのような部分とも関わり合える選択の自由

*57 **グレゴリー・コーソ**（Gregory Corso、一九三〇〜）ニューヨーク生まれのビート詩人。詩集に『ガソリン』（一九五八）、『死の幸福な誕生日』（一九六〇）等がある。

を持つことができました。

山里　ナナオのように自分は縄文に行くんだという詩人も出てくるわけですね。

スナイダー　ええ。想像力の中でね。

山里　ナナオはイマジネーションの中で縄文と関わり合い、ゲーリーさんは亀の島、三省さんならやはり縄文や屋久島と関わり合うことができるというわけですか。なるほど、よくわかりました。

スナイダー　面白いですよね。

山里　歴史のいかなる時代とも関わり合えるというのは、またどういう場所と関わり合うかという選択の自由を持てたと言ってもいいでしょうか？

スナイダー　そう。そしてもちろんそれを具体化することだってできるんです。たとえばノースダコタのミズーリ川の源流の方に、マンダン族という部族がいました。とても美しい家を造った人たちです。半分地下に入ったような感じの家です。実は、今私の住んでいるこの家は、そのマンダンの家の構造からきたものなんです。つまりこの家は、どの時代と関わり合うかということを想像力でもって具体化した例なんです。私は「亀の島」との関わりをこの家でもって具体化したというわけです。

山尾　クリエイトですね。

スナイダー　そう、クリエイトです。これはそのポストモダニズムのスタートなんです。

山尾　芸術として？

スナイダー　そうです。これこそまさにポストモダンの芸術だと言えるのではないでしょうか。私は自分の人生というのはポストモダニストの舞台である、劇場である、と考えています。

山尾　ゲーリーは諏訪優さん*58を覚えてますか？

スナイダー　はい、覚えていますよ。

山尾　彼が、一九六〇年代のはじめに訳したビート詩のアンソロジー中にゲーリーの詩がありました。その一節を僕は今でも覚えています。それはたぶん昔のシエラネバダでのことだと思うんですが、山で仕事をしながら、夜には「星で体を温めた」という一節です。

スナイダー　あの詩については、私はソーラーパネルのことを考えたりしていたので、木というのは夜でも星のエネルギーを感じることができるのだろ

*58 **諏訪優**（一九二九〜一九九二）詩人・翻訳家。ギンズバーグの「吠える」の翻訳で知られる。

うかと思っていたんです。微量のエネルギーが星から来ているに違いないと考えました。

斧の柄

ゲーリー・スナイダー

四月の最後の週のある昼下がり
カイに手斧の投げ方を教えた
斧は半回転して切り株に突き刺さる。
道具小屋に柄のない斧の頭があることを
思い出し、カイはそれを取ってきて
自分用に欲しいと言う。
ドアの後ろにあった折れた斧の柄は
手斧の柄には十分の長さ、
僕らはそれを適当な長さに切って
斧の頭といま使っている手斧と一緒に
薪割り台に持って行く。
そこで僕は手斧で古い柄を削り始める。

するとエズラ・パウンドを読んだときに覚えた
言葉が耳の中に響いてくる！
「斧の柄を作るとき
　　　　手本は遠くにあらず」
だから僕はカイにこう言った、
「いいかい、斧の柄を作るときは
その柄を削っている斧の柄の形を手本にして
削っていくのだよ——」
カイはすぐに理解する。そしてまたあの言葉が
耳に聞こえてくる。
それは、紀元四世紀、陸機《ルウジ》の
『文賦《ワンフ》』序文、「文学論」の中にある言葉——
「斧を操《と》りて柯《え》を伐《き》るに至りては、
則《のり》を取ること遠からず」。
世驤《シ・シャン》・陳《チェン》先生が、
もう何年も前に英語に訳して教えてくれたものだ。

僕はいまになって理解する――パウンドは斧だったのだ、
チェン先生も斧、僕も一本の斧
そして息子のカイは斧の柄、しかしすぐに彼も斧の柄を削り始める。
手本と道具、文化の技巧
僕たちはこのように繋がっていくのだ。

『斧の柄』より（山里勝己訳）

よく手入れの行き届いている道具小屋

第九章

本当の仕事

山尾　ポストモダニズムの話ですが、ゲーリーの昔の友人であるグレゴリー・コーソの「空気は何処にでもあり、人生は変えられる」という詩の一節と、一方で、ゲーリーの「星の光で自分を温めた」という、ふたつのラインに出会ったのが僕が六〇年代の学生の時でした。当時の日本の思想潮流の中では、自然に回帰するなんていう方向性はとても恥ずかしいことだったんですが、ひじょうに強い気持ちが伝わってきた記憶があります。それが僕とゲーリーとの最初の出会いです。

スナイダー　そうですか。"Warming myself by the stars"――。それが最初ですか。面白い。

――そこからかなり人生は変わっていきましたか?

山尾　少しずつですけどね。

――そして屋久島に行ったのが一九七四年。インド巡礼の旅のあとでしたね。

山尾　旅の話は昨日少し話しましたが、屋久島に住むと決めた時には大きな安心を感じました。深い安心といいましょうか。ここに一生住んでいけるという安心がありました。仏教の言葉の中に「大安心《だいあんじん》」というのがありますが、その時に自分の場所を求めての旅はもう終わったんです。

――そうしますと、それ以前の東京やトカラ列島の諏訪之瀬島や五日市の頃というのはまだ定着したいという欲求はなく、旅の途中、過程というような感じでしたか？

山尾　そうですね。探している感じです。

――安心した、というのはどういうことなんでしょうね？

山尾　説明するのはとても難しいですね。その場に入った時に安心するんですよね。

――場所の力ですか？

山尾　そうだと思いますね。その場所へのこちらからの親和力ですね。

スナイダー　道元*59は「このところをうれば、この行李《あんり》したがひて現成公案《げんじょうこう》す」、つまり、今いるところが己の場所とわかる時修行がはじまる、と言っているんです。面白いことですね。これは「現成公案」で述べられています。

――この修行というのは、どういう修行でしょうか？

スナイダー　道元に言わせれば、それは禅の修行であり、それには座禅が入りますし、もっと深く言えば、自分が誰かを深く探すことでもあるんです。

＊59 **道元**（一二〇〇～一二五三）曹洞宗を日本に伝えた僧侶。著書に『正法眼蔵《しょうぼうげんぞう》』（九五巻）などがある。スナイダーの自然観に影響を与えた。

スナイダーが建てた禅道場「骨輪禅堂」で般若心経を唱和するふたり

それがすべてなんですよ。「現成公案」はそのようなことをテーマにしている、素晴らしいエッセイで、私はそれについてたくさん考えてきました。ふつう仏教の立場では、修行はどこでしてもいい。場所はかまわないと言うんです。しかし道元は場所を見つけなさいと言うわけです。いろいろな解釈がありますが、これは私のポストモダニズムの考え、見方です。仏教の修業や修業の場というのはたいへん難しい。その修行をする足元、足場というのはしっかりしていなければいけないと思うのです。なぜならば自分自身の心深く入っていくからです。もっと別の言い方をすれば、六道、六つの道です。人間の世界から仏になるんです。他の道からは仏になれません。昔からそう言います。なぜなら天の神々の世界はすごく楽しい。楽しすぎるんです。まるでハリウッドのようなパワーがあり、楽しいんです。美しい体ばかり（笑）。

山尾　きれいな人ばかりなんですね。

スナイダー　神々の世界、天の世界ですよ。阿修羅の世界は、あまりにも金と権力が強すぎるんです。それで自分についての問題は考えない、余裕もない。あるいは考える必要がないんです。仏教のポイントは、餓鬼の世界は、あまりに欲深く、地獄の世界は、あまりに苦痛がありすぎる。動物の世界はいつも飢えている。そして人間の世界は理想的ではないということ。でも、仏になるチャンスがある状態なんです。ですから、仏教徒はまずは人間にならなければならない。

――なるほど。

スナイダー　このような見地に立つと、人間ということは何を意味するのでしょうか。それがこれまで私が関わってきたことの中で、大きな問題のひとつです。人間であるというのは何であるのか。人はあまりにも大きな力を持ってはいけない、あまりにも多くの華やかさ、栄光を持つことはできないんです。そして正気でなければいけない。そういう点で、やはり人間でなければいけないんです。人間であるためには質素でなければいけないし、権力を持ちすぎてもいけない。いつも心を開いてなければいけないんです。そして謙虚で、慎み深く、どこかに住まなければいけない。それが人間のすることなんです。ところが兵士や金持ちたちはいつも旅行ばかりしている。しかし、現実の人間というのはあまり旅行もできないものなのです。また、近代社会においては、人間であるための条件の大きな要素がいくつか欠けています。たとえば自分の場所を持たない、家族を持たない、家族の歴史を持たない、共同体にも属さなくなっていることなどですね。そして自分の仕事について も、確固とした信念が持てないでいる。ですから、まず、自分の場所に腰を落ち着けることです。

山尾 そういう具体的なところを解決していかないと、いつまでも落ち着かない。

スナイダー そして、そこから人間の修行がはじまるんです。

山尾 僕の考えで言えば、修行というのは本当の生活のことなんです。

スナイダー そう、それが修行です。

山尾 なにも一日中座禅しているだけが修行じゃないんです。修行とは、一所懸命生きること。

スナイダー そう。これはひじょうに微妙な点ですけどね。禅堂に行って一所懸命修行をしている人々は、なぜそういうことをしているかというと、まだ本物の人間になっていないからなんですよ。

一同 (笑)

山尾 難しいことではないんですよね。ただ生きるということなんです。それが、場所においてはじまる。

――　そうすると、安心したということは修行をはじめる場所を見つけた、問題を解決する発端が見つかったと解釈していいですか？

山尾　そうですね、生きられる、ここで、生きていける、ということですね。

――　自分が真の、本物の人間になっていくことができ、そして本物の生活をはじめることができるという安心感ですね。

山尾　そのとおりです。さきほどの「現成公案」の中で道元は、「仏道を習うというは、自己を習うなり。自己を習うというは、自己を忘るるなり。自己を忘るるというは、万法に証せらるるなり」という、よく知られた言葉を記していますが、あえて仏教とか仏道とか言わなくても、自分とは何かと自己を習い続けていくのが人間ですし、それが仏教の本道でもあるということですね。

スナイダー　もうひとつ別の表現もできるんです。たとえば、アメリカ先住民は、グレート・スピリット*60がひとりひとりの個人に対して、それぞれ決まった仕事を与えていると考えています。ですから、まず何をしなければならないのかと言うと、自分の仕事はいったい何かということを見つけることなんです。アメリカ先住民のグレート・スピリット、神はアメリカ先住民の

*60　**グレート・スピリット**（Great Spirit）　多くのアメリカ先住民の宗教における主神、部族主神。

ひとりひとりに仕事を与え、仕事を予定している。難問ですが、本当の仕事を見つけなければならない。人生のはじめのうちにそれを見つけなければならないのです。自分の真の仕事を見つけるのは難しいかもしれないが、一度見つけてしまえばあとは簡単なんだね（笑）。なかには、仕事のために自分の場所を見つけることができない人たちもいるでしょう。けれどもある意味では、仕事のひとつというのは、場所を見つけるということかもしれないのです。

スナイダー自ら台所に立ち、ランチにサンドイッチを作ってくれた

真事《まこと》　その二

山尾三省

草を刈れば
草を刈ることが　真事《まこと》であった
雨が降れば
雨が降ることが　真事《まこと》であった
いろりを焚けば
いろりを焚くことが　真事《まこと》であった
島人に会えば
島人に会うことが　真事《まこと》であった
真事《まこと》の　しばり
真事《まこと》の　旅
ぼくがここに在れば
ぼくがここに在るという　真事《まこと》であった

真事《まこと》の　しばり
真事《まこと》の　旅
草を刈れば
草を刈ることが　真事《まこと》であった
いろりを焚けば
いろりを焚くことが　真事《まこと》であった

『びろう葉帽子の下で』より

第十章

都市における癒し

―― 三省さんとゲーリーさんはグレート・スピリットが用意してあった場所を見つけたということですか。

スナイダー そう言っていいと思います。そして場所というのは地理的な意味の場所であり、また心理的な場所である、と同時に生活の場所でもあります。

―― その時に、都市も地方もないということですね。

山尾 ないですね。

―― 都市も人の場所になることができますか?

スナイダー もちろん、絶対になれますよ。

山尾 シュアー(笑)。

スナイダー 街は魅力的ですからね。街が自分の場所になっている人たちをたくさん知っています。

―― たとえば、街を自分の場所にしている人とは誰でしょう?

スナイダー ピーター・バーグ*61ですね。彼はサンフランシスコに住んでいて「プラネットドラム」という組織を作って、再定住の運動をしている人です。アーバン・バイオリージョナリズムの主要な哲学者のひとりですね。彼

*61 **ピーター・バーグ**(Peter Berg) 米国の生態地域主義運動のリーダーのひとり。プラネットドラム・ファウンデーションを創立、サンフランシスコを中心に生態地域主義の運動を推進している。主著に『別の国に再定住すること――北カリフォルニア・バイオリージョナル・アンソロジー』(*Re-inhabiting a Separate Country: A Bioregional Anthology of Northern California*)がある。

なんかはいい例です。別に地方や田舎に住む必要はない、それが私の言いたいことなんです。

――それでは街であれ、田舎であれ、自分の場所を見つけるポイントは何でしょう。

山尾　僕の考えでは、そのポイントはその場所に深い喜びがあるかないかだと思います。

スナイダー　それはひとつですね。

山尾　もうひとつは、それが有益かどうかですね。

――誰にとってですか？　自分にとってですか？

山尾　自分にとっても社会にとってもです。

――自分の生き方や自分が生きているということが他の人にとって有益かどうかということですか？

山尾　人間だけでなく、すべての存在にとってですね。

スナイダー　そしてもうひとつには、同志がいることです。

山尾　一緒に仕事をする仲間がいれば楽しいですね。

スナイダー　ようするにコミュニティーですね。街のコミュニティー、地方のコミュニティーです。コミュニティーには祭りがありますね。田舎の祭りがあれば都市の祭りもあります。ピーター・バーグたちはサンフランシスコ市の行政と共に、毎年、鮭がゴールデン・ゲートの下に遡上してくる日を祭りにしようと頑張っています。

山尾　もう実現しているんですか？

スナイダー　いや、今そのための運動をしているんです。これはサンフランシスコの街全体の祭りにしようという動きです。サンフランシスコには芸術家やミュージシャンがおおぜいいますからね。

山尾　それがゲーリーの言わんとしている、「田舎や地方でなくとも自然と関わることができる」ということですね。

スナイダー　そうです。

山尾　わかりました。つまり、自然との関係は必ずしも田舎、あるいは地方で確立されるのではなくて、都市においても自然との関係はこのサンフランシスコの例に見るように、確立することができるということですね。

スナイダー　そう考えると、サンフランシスコは大きなアイヌの村のようになってきますね（笑）。

――自分の生きる場所に同志、友だちがいるのはさらなる喜びであるというお話がありました。

スナイダー　私は率直で素直に関われる友だちと、その友情をとても大事にしたいと考えています。私にはアレン・ギンズバーグのような古くからの友だちもいるし、若いジャック・ヒックス*62のような友だちもいる。また同年代ではビート詩人のマイク・マクルア*63やサカキ・ナナオもいます。同年代の彼らとは自分たちの健康問題、たとえば目のことや歯、喘息、それから前立腺のことなども話したりします。私たちは齢をとっていますからもう全然恥かしくないね（笑）。お互いに癒されることが多いですよ*64。

――しかし今は「癒されない」人が多いですね。

スナイダー　そうだね。でも友情というのは、自分の問題や悩みを語ることができるような関係なんです。心から話せる人です。男もいれば、女もいます。そしていい友情関係を持つひとつの秘訣は、ずっと昔からの友人を持つということです。長い友情関係ですね。昔からの敵についても同じことが言えるかもしれません。

山尾　敵ということはどういう意味ですか？

*62 **ジャック・ヒックス**（Jack Hicks）カリフォルニア大学（デービス校）創作科主任教授。現代アメリカ文学専攻。

*63 **マイク・マクルア**（Michael McClurre　一九三二〜）サンフランシスコ在住のビート詩人。カンザス生まれ。一九五六年のシックス・ギャラリー朗読会に参加したオリジナル・ビートのひとり。

*64 ギンズバーグは一九九七年四月、この対談の直後にニューヨークで死去した。

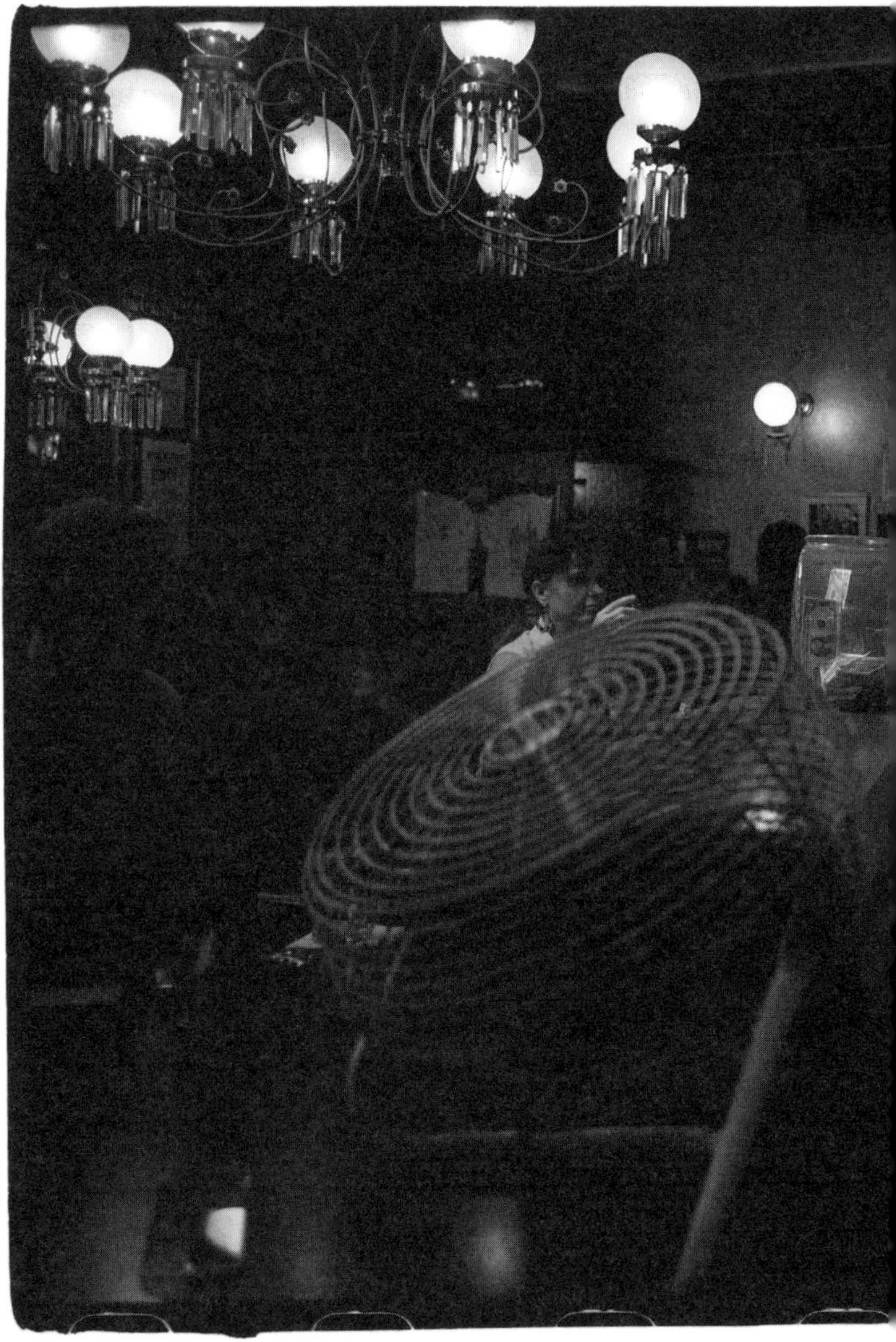

サンフランシスコのジャズバーで癒しを感じることができたと、山尾三省

スナイダー　現代社会ではよく引っ越しますから、誰かとケンカすればもうそこで関係は切れてしまいます。話さないし、会わないし、もう関係ない。でも小さいコミュニティーならば、隣人としてずっと一緒に生きていかなければならない。誰かとケンカしてもまた目の前にその人が現れる。毎週か、毎月か……。このサン・ファン・リッジ*65の人はみんな一緒に二五年くらい暮らしています。ある人と何か問題を起こしても、五年か八年かかって、また話をするようになるんです。それは面白いですよ。ずっとひとつの場所に住まないとそういうことはわからないんです。

山尾　ひとつの場所に住むということはまた、人を深く理解することでもある。

スナイダー　そしてお互いを許しあうこともできるんです。たとえば一五年ほどお互いに口をきかなかった人がいるんですが、最近ディナーを共にして、仏教や詩のことを話し、昔ケンカしたことなんか忘れて、お互いに何もなかったような友情関係になれたんですよ。

山尾　胸に響くいいお話です。それは本当にたいへんなことなんですよね。お互いに近くに住んでいるわけですから。それが都市だったら別れればそれ

*65　**サン・ファン・リッジ**（San Juan Ridge）
スナイダーの家がある尾根の名称。標高約一〇〇〇メートル、ネバダ市より約二〇分の距離にある。

でおしまいですが、田舎では別れられないんですね。仏教ではいろんな苦が分析してありますが、その苦しみの中のひとつに「会いたくない人に会う苦しみ」というのがあるんです。

――苦痛ですよね。

スナイダー　たとえばナバホ族*66とホピ族*67は隣に住んでます。一方は農業、もう一方は羊を飼っている。だから経済や文化が違う、顔も服も違う。私はある詩の朗読会でナバホの詩人と一緒になったことがあり、ホピ族についてどう思うか聞いたことがあるんです。彼は、「ホピ族は我々の聖なる敵だ」と答えましたよ。美しい表現ですね。一方、「白人はただの敵だ」と言っていました。インディアン同士だから、「聖なる敵」なんですね。

山尾　「聖なる」というのはどういう意味を含んでいると思いますか？

スナイダー　つまり彼らに敬意を持っているんですよ。いつも敬意を表しており、敬意を持って接する敵であると考えている。武士道の中にも敵に対して敬意を表し、敵を尊敬するという大切な考え方がありますね。

山尾　癒しという言葉が出てきましたが、そのことについて少し話をさせていただいていいですか？　今回、アメリカに来て最初の夜のことですが、サ

*66
ナバホ族（Navajo）
主としてアリゾナ州、ニューメキシコ州、ユタ州南東部に住む。アメリカ先住民中最大の部族で、織物や銀細工などで知られている。

*67
ホピ族（Hopi）
主としてアリゾナ州南東部に住むアメリカ先住民。ユニークな農法や篭細工で知られる。

ンフランシスコのとある大衆バーに行きました。僕はお酒は飲みませんが、そのバーの中でひとつの場所をもらって、一時間ぐらいみんなで一緒に過ごすことができました。実はその時、僕はすごく癒しを感じたのです。そこではスウィング・ジャズのバンド演奏があり、いろんなお客さんたちがいた。他人同士、お客さん同士がまさにコスモポリタン的で、善きアメリカ的なひとつの場所を作っているわけです。街の文化ですよね。なにしろ屋久島の田舎から、苦手の飛行機で東京へ行って、東京からまた飛行機ではじめてのサンフランシスコまで来て、カルチャーショックというか、肉体的にも心理的にも疲れ果てていたんです。でもあのバーの雰囲気の中でホッとひと息つけるものがあった。心を開いた人間の空間というものは善いものだとつくづく感じました。なにもヒーリングというのは、自然やウィルダネスとかだけではなく、都市の中にも人間を癒やす文化というのは充分にあると思うんです。それは忘れてはいけないことだと思います。空気がどこにでもあるように、ヒーリングもそれを望む時にはどこにでもあると思います。都市を造ってきたというのも、喜びを求めて、あるいは自由を求めて都市を造ってきたわけですね。人類というのはそれほど愚かな生き物だったわけではないと思うんです。さっきゲーリーが言ってましたが、それはモダンというもののひとつの大きなよさですよね。モダンを全部捨てる必要はまったくないと思いますね。

私は誰か

山尾三省

黄金《こがね》色の秋の陽差しが　あたりいちめんに深々《しんしん》とあふれ
道ばたには　ゲンノショーコの濃いピンク色の花が咲いている
ここには　私のほかに誰もいないし
私もいはしない
ここには
深々《しんしん》と黄金色の秋の陽差しが降りそそぎ
ゲンノショーコの小さな濃いピンク色の花が　咲いているばかりである

『びろう葉帽子の下で』より

スナイダーの書斎の窓から森が見えた

第十一章

根無し草の文明

――その都市の癒しという言葉ですが、確かにそのとおりなんですが、今の子供たちは青年を含めて、癒やされていない、あるいは、やたらに癒やされたがっているというところがあると思います。それで超常世界とか、精神世界に救いを求めて入っていく。それが良質なものならいいんですが、昨日アメリカでもある宗教団体の集団自決事件*68がありましたね。日本でも、オウム事件でサリンガスを撒かれて何人も死んだりする。ヒーリングという名のもとに、まかり間違うとまずいところにいってしまうということがあると思うんです。

世紀末、と言いますか、時代の不安を敏感に感じ取っているジェネレーションがいる。ある程度、年を経てきた人間というのは定着する場所も見つけ、修行する場所も見つけられたという大きな意味での「大安心」という癒しがあると思います。しかし我々の子供たちのような若い、あとから来ている青年や少女たちは、次の時代の生き方や希望が見えないということが言えるのではないでしょうか？　場合によっては、カルトに走っていく。ある意味では高度資本主義社会のどんづまりの中で応々にしてそういうことが起きる。先に生きてきた者として、どうしたらいいんだろうか、若い人たちにどうい

*68 **宗教団体の集団自決事件**　一九九七年三月、ヘール・ボップ彗星の接近とともに世界は終末を迎えると説くカルト集団が、南カリフォルニアで集団自決をした事件をさす。

うメッセージを贈ることができるだろうかと考えるのです。

山尾　これはたいへん奥の深い質問ですね。この対談の全体がメッセージになることを望むわけですが、ここでひとつ旅ということを取り上げてみましょう。僕は大学を四年でやめて、三八歳で屋久島に定住するまでの一五年間ほどは、旅であったと思っています。旅というのは地理的な移動のことだけでなく、ひとつの仕事についたり他の仕事についたり、ひとつの専攻科目を見つけたりすることも含む人生という旅のことで、あまり急いで自分はこの会社の人間とか、この仕事の人間と、自分を限定することはないと思います。一生の場、あるいは仕事が十代の後半とか、二十代の前半で決められるのはむろん善いことですが、空気はどこにでもあり、人生は変えられるのだから、急いで自分をこれと限定する必要はない。むしろ二十代の後半、三十代の前半、くらいを目安にして、いい加減にではなく自分に誠実に、自分の場と仕事を探し求めていった方がよいとさえ思います。それは、三十代の後半であっても、四十代でも五十代であってもいいんです。旅というものは、旅の恥はかき捨てで、ともすればその過程がおろそかになるという欠点がありますが、過程をおろそかにしないで、一日一日、一年一年と、ゆっくりと自分の

金採鉱跡はかつてインディアンの土地でもあった

場と仕事、つまり人生を求めていくのがよいと思います。僕の場合はインドで、世界というのは自分という鏡に映った映像なのだとわかった時に、場を求めて旅が終りに近づきました。

スナイダー　重要なことは、想像力だと思います。そこに芸術の重要さが出てくるんです。すべての若者世代は彼ら独自の音楽を持っていますね。私たちは歴史を通して、それを見てきました。すべての世代には、その世代特有の歌があります。古い世代の人には若い世代の歌を作ることはできません。しかし先行世代は彼らに歌や芸術や詩を与えることができるかもしれませんね。そしてそれによってイマジネーションを与えることができるのです。彼らに健康で力強い想像力を与えるような詩や歌や芸術を残すことができるのです。つまり彼ら独自のヴィジョンを作り出すような要素を残す、あるいは与えることがね。

二〇世紀というのはたいへん困難な世紀でした。私は私自身の子供たちに、「お前たちはここで育って、ここで暮らしていかなければいけない」と言ったことはありません。子供たちにとって重要なことは、どうやって子供たち自身の仕事を見つけるのを手伝ってあげるかです。さきほど話したインディアンのグレート・スピリットの話に見られるとおりです。自分自身の仕事を見つけることの重要さですね。その方が子供にこういう生き方をしなさい、というよりは大事なことだと思います。もうひとつは精神的なことであり、倫理的なことであり、そして仏教の第一原則でもあるんですが、それは「Do no harm」です。

山尾　「傷つけるな」、不殺生《ふせっしょう》ということですね。

スナイダー　私は子供たちをきわめて仏教的に育てたわけではありませんが、この「不殺生」については常に教えてきたつもりです。この不殺生という言葉に関しても緩やかなもので、仏教の解説もこれを厳格に守れと言っているわけではないんです。つまりできるだけ傷つけるな、ということです。たとえ木や藪であっても傷つけるなということですね。

山尾　もちろん人も傷つけるなということですね。

スナイダー　すべてです。生き物だけではない、すべての存在に対してです。やむを得ない時はしかたありませんけどね。

山尾　この不殺生のもうひとつ大事なことは、自分自身も含まれるということですね。

スナイダー　そう、自分自身も含まれますね。私がふたりの息子とふたりの娘に教えていることはふたつあります。ひとつは自分の仕事を見つけなさいということ、そしてもうひとつは、それが他者を傷つけるような仕事でないよう気をつけなさいということです。これが基本です。もしも若い人たちが不殺生（傷つけない）ということに思いを満たし、そして世界には彼らのための仕事があるということを理解したならば、若者は（あるいはこの社会は）もっと健康になるかもしれませんね。

――　子供たちにとっては未来が見えてこないというのがいちばん大きな問題ですね。もうひとつはそれに対して、悪い大人がマインドコントロールをして強引に悪い方向に引っ張っていってしまうという問題性があると思います。

スナイダー　問題は「悪い大人」とは誰かということです。本当に悪い大人は我々の国家の指導者たちなんです。

――　そうですね。

スナイダー　実際、悪い政治をしているのは彼らですし、彼らが悪い見本になっていると思います。政治家の中には貪欲で、経済のためには生態系全体を破壊してしまうこともいとわないような人がいますからね。そういうのが悪い例なんですよ。

――　時代の終末、と言われてきたルーツは、それこそ悪い大人たちの近代一〇〇年だったんじゃないかな、という感じもします。

山尾　二〇世紀がルーツレス、私たちの目から見て根のない時代だったというこことにほとんどが原因していると思うんです。二〇世紀の文明、というか社会の方向性が、いちばんの根本に自然という根を置かなかったところから起こっているからだと思います。ですから、とてもおおざっぱで抽象的な言い方ですが、僕たちに今できることはやはりひとりひとりが自分のルーツを取り戻していく、尋ねていく、自分のルーツとは何かを考えていくことだと思うんですよね。それをバイオリージョナリズムにつなげたいんです。そのルーツというのは自然と一致する。そしてこの惑星、太陽系、銀河系が我々のルーツなんですよね。今、そのことを知る時がきているんだろうと思います。

――　その手法、アクセスとして「温故知新」ということがあるように思うのですが、たとえば先住民に学んだり、縄文に学んだりすることです。そこでまた新しい二一世紀を見通すということができないだろうか？

山尾　そうですね。空間的に見れば、地球という場所の中には学ぶべきいいところがたくさんあるのですから、それを僕たちは学んでいけばいいんです。そして時間のスケールで見れば、古くなった過去のことでも、そこから学ぶことはたくさんあるんです。歴史というものの知恵に学ぶことができるということです。ゲーリーも言っていますが、今までの歴史観にとって過去は終わった世界でしょう。そして進歩こそが価値なんです。だけどやはり歴史というものの見方が変わってきて、過去は生きているんですよね。少し長くなりますが、ここで、歴史・時間についての僕の考えを言わせてください。

僕は時間というものを三つに分けて考えています。そのひとつは、一日一日、春夏秋冬と回帰してくる時間、地球の時間と言ってもいいし、太陽系の時間と言ってもいい。この時間は、太陽系という秩序が安定している限り、永遠に進歩せず、ただ回帰・循環することを繰り返します。個人、家族はこの時間に属しています。生まれては死ぬことの循環であり、回帰です。これを、回帰する時間と呼びます。ふたつ目の時間は、歴史的な時間、まっすぐに過去から未来に向けて進む時間です。二一世紀へと向う時間は、もはやあと戻りできないのですから、これを不可逆な直線的に進歩する時間と呼びます。

第三の時間は、ふたつの時間の背後にあって、それを生み出している、母なる無の時間とでも呼べる時間です。

時間というものからこの世紀を見る時、僕たちは一方的に、直線的に進歩する時間、歴史というものに価値を置いてきたことがわかります。それと並びつつ存在している回帰する時間、自然時間というものをあまりにも無視してきたと思うのです。歴史には進歩する側面と回帰する側面の両輪があり、その両輪はさらに大宇宙という母なる無に支えられていることを、私たちは思い出さないといけないと思うのです。

スナイダー　過去は決して死んではいないんです。私たちの中に生きているんです。

山尾　だから歴史なんです。「温故知新」です。

――これは古い言葉で今使うと馬鹿にされるんですが、とても重要なことですよね。

スナイダー　素晴らしいことですし、もっともなことですね。

スナイダーの家から15分ほど歩くとシエラの山々を見渡すことができる

――この言葉はよく封建的なオヤジたちが、「年寄りを大事にしろ」という言い方で、説教として使っていたんです。「お前たち、俺たちがやってきたことはたいへんなことだったんだ。子供は親に学べ」みたいな、かなり押しつけがましい言い方だったんです。しかしこれは本当の意味では、今日の話につながって、とても重要な言葉ですよね。

山尾　モダニズムを通過したあとでの新しい再解釈ですよね。

スナイダー　そうだね。このように新しく見直されることはたくさんありますよ。ポストモダニズムは世界を再構築するものなんです。私たちには再創造しなければならないことがたくさんあるんですよ。我々の西洋思想ももう一度、考え直さなければならないんです。そういえば昔、誰かに「君は西洋文化には何の関心もないんだろう?」と聞かれたことがあります。それで私は、「そんなことはない、関心を持っていますよ。だけど私の関心はキリスト教以前の文化意識や習慣にあるんだ」と答えました。そうしたらこの人はびっくりしましたよ。今の人はだいたいヨーロッパはキリスト教からはじまったと考えていて、それ以前のことは捨ててしまいますからね。

山尾　西洋文化の場合はそういう傾向が強いようですね。

スナイダー　そう。ですから彼らはそんな質問をして、「いいえ、興味はあります。ただしもっと大昔のことにね。ヨーロッパ文化の再発見のためなんだよ」なんて言われると驚くんですよ。

山尾　たとえばクリスマスツリーがありますね。クリスマスの日にモミの木を飾る。あれは本来は、キリスト以前のヨーロッパでの春が来る再生の儀式だったんですよね。

スナイダー　そうです。キリスト教以前の習慣です。

山尾　クリスマスというのは本来は冬至のお祭りなんですよ。冬至が来るとモミとかの常緑の木の枝を折ってきて、お互いにたたきあうんです。みんなでたたきあう。その緑の枝は生命の再生を象徴しているからです。

スナイダー　そして蠟燭に火をつけた。蠟燭の火は高いところにつけて立てるんです。太陽なんですね。

――蠟燭は太陽なんですね。クリスマスツリーについている蠟燭は。

スナイダー　キリスト教じゃない。

山尾　今でもノルウェーの一部ではそれをやるんだそうですよ。昔やっていたのではなく、今でもやるんです。

「ガイアのための小さな歌」より　　ゲーリー・スナイダー

雨の中で、死んで横たわる雌鹿
　砂利道の
路肩で
おまえの硬直した足が
　ヘッドライトの中
路傍に浮かび上がる
雨の中、死んで横たわる雌鹿

『斧の柄』より（山里勝己訳）

森の中で見つけた鹿の頭骨

第十二章

科学は美の中を歩む

―― 先ほどの対談の中で、かなり重要な話ができたと思います。場所の話、つまり「地」の話ですね。それから「水」の話というのもほぼ出てきたと思います。水の循環を通じて、ローカルとユニバーサルのつながりも見えてきたんじゃないかと思います。そういう意味では最後に三省さんが言ったクリスマスツリーの話の中でヒントが出てきました。縄文の時代から、我々にとって重要な「火」というテーマですね。火というのはエネルギーの話にもつながっていくと思います。ローン・イーグル*69の問題――つまり最先端テクノロジーと私たちはどう共生していくのかというようなことがあるかと思います。

スナイダー 三省と私が住んでいる場所での、生活の中でのテクノロジーだとか、エネルギーとの関係をお互いに話し合うことからはじめてはどうでしょうか?

―― 実は三省さんはたくさん火に関する詩を書いているんですが、テクノロジーの話に入る前に、原始的な火の話を先にしていただけますか?

スナイダー わかりました。もちろんです。

山尾 さっきクリスマスツリーの話をした時に、ゲーリーは蠟燭の火は太陽

*69 **ローン・イーグル**(Lone Eagle 孤独な鷲) コンピュータなどの最先端テクノロジーを駆使しながら、都市から離れて経済活動や芸術活動を行い、あるいは編集者として仕事をする者などをさす。シエラネバダ山系やロッキー山系などに住む者も多い。

を意味していると言われましたね。火というのはもちろん地上での太陽のひとつの形です。具体的な話をしますと、僕は日常的にお風呂を薪で焚いています。それから今はちょっとやめていますが、日常的に家の中の囲炉裏で火を焚いて煮炊きをしていました。ある時、友だちとふたりで囲炉裏で火を焚いていた時のことでした。その火が実は縄文時代の火とまったく同じ火であるということに気がついたんです。――その時、ひじょうにうれしく思ったことを覚えています。たとえば今、縄文という話をすると、「いまさらその時代に帰ることはできないじゃないか」と言われてしまいますが、もちろん時間としてタイムスリップすることはできない。けれども家の中で火を焚いている時に、縄文と同じ火がそこでは確かに燃えているんです。回帰する時間のそれは現成している姿です。それどころか、人間が出現する以前から火というものは地球上にあったわけですね。何と表現したらいいかわからないんですけれど、僕はその火をやはり永遠の「生《なま》の火」と呼びたいのです。

スナイダー　「生の火」ですか。

山尾　その火は囲炉裏でなくても、風呂の釜でなくても家の横で焚き火をすれば、あるいは、西洋の美しい伝統である暖炉という文化形式において即その場に縄文の火、あるいは縄文以前の石器時代の火が現れてくるんです。それを味わうこともできるし、それを使うこともできる。これは何よりも深い喜びのひとつですね。

――その場合の喜びというのはいったい何ですか？　なぜ縄文の人たちの火を焚くことが喜びなんでしょう？　つまりそのあたりをみんなは納得したいんですね。最近日本では山や川でのキャンプがはやっていますが、若い読者、あるいは中高年のアウトドアを知らない人たちがはじめてキャンプに行って焚き火を見ると、ひじょうに喜ぶんですね。きっと都市生活にはない野生の香りを感ずるのでしょう。

スナイダー　そうだと思います。

――それは火に何か秘訣、魅力があるからなんですよね。

スナイダー　私の考えを申し上げてもいいですか？　人類はずっと昔から毎晩火を見続けてきたんです。ずいぶん昔からね。夜になって火の前に座って、そしてその火を見てとても落ち着いていたんです。それは今で言えば、テレビですよ（笑）。テレビは焚き火の代わりです。テレビは fascinating（魅力的）だからね。光がチラチラしてるし。

山尾　なるほど（笑）。テレビが現代人の焚き火になっている（笑）。

スナイダー　だから火だけを燃やしているチャンネルがあってもいいんじゃないかと思いますよ（笑）。それをつけるだけで心が暖まる（笑）。数年前にみんなで笑いながら話していたんですよ。いいですよね。

山尾　その「なぜ」かということのひとつの答は、火は自然なものだからです。ゲーリーの言葉を使えば、ウィルダネスのものだからですね。そして人間というものも自然なものだからです。同じものでありながらも異なるものがそこで出会うから、たぶんそこで共感の喜びが起こるんでしょうね。そしてそれはエネルギーにつながるものですね。

スナイダー　そのとおりですよ。火はある意味で、私たちのテクノロジーとしての最初の道具です。もちろん石もそうです。しかし環境の点から言えば、火の使用は人類にたいへん大きな影響を与えましたね。火を起こすことによってです。人類初期の頃には、みんながたくさん火を焚いていただろうと思われます。森や草原をよく燃やしていました。それに関する証拠はたくさんあります。これはとても重要で面白いことなんですが、土地を燃やすことで、その場所の環境が変わってきました。たとえばシエラネバダではインディアンたちが小さな藪を五年おきに燃やしていたんです。だからどこでも簡単に歩けたんですね。でも大きな木はけっして燃えることはありませんでした。ですからシエラネバダはインディアンにとって、とても興味深くて面白い土地だったんです。火は人類の大きな道具なんですが、現在、初期の人類の火の使用が環境に及ぼした影響の研究が進んでいます。

山尾　新しい分野ですか？

スナイダー　たいへん新しい研究分野です。

山尾　日本だけでなく東南アジアも含めて「焼畑」というものがありますね。

スナイダー　はじめに木を切って土地を燃やすことですね。

山尾　それに対する評価がふたつにわかれているわけです。焼畑はいいという立場と、焼畑は破壊のはじまりだという立場ですね。

スナイダー　私もその議論について読んだことがあります。

山尾　僕はどちらかといえばその議論に対しては、小規模であれば焼畑はいいと思っています。

スナイダー　そうですよ。

山尾　でもそれが大規模で連続的な形になると大きな問題になります。

スナイダー　それに人口が増えるともうダメですね。ある人口で四〇年おきとか一〇〇年おきにやって、また同じ場所に戻るというのなら大丈夫ですが。

――　古代社会において、火の発見というものがひとつの喜びであると同時に、道具として利用してきた歴史があると思います。それをもう少し、現代の産業革命以降に戻してみると、我々は石炭を利用するようになりましたね。石炭は地下に眠っている植物の化石燃料ですよね。そして次には石油を利用してきたという過程を経て、現在の原子力を利用する時代になっています。そのあたりのエネルギーの変遷についてどう思われますか。

スナイダー　科学者で作家でもあるウェス・ジャックソン*70が面白い見方をしています。彼は「問題はそのエネルギーがどのくらいの古さかということだ」と言ってるんです。エネルギーが古ければ古いほど、社会的にも環境的にも危険なものになってくる、ということです。彼は「エネルギーには三つの時代がある」と言っています。まずはじめに薪の時代。薪のエネルギーは今年のエネルギーです。つまりすべてのエネルギーは太陽の光なんです。問題はその太陽のエネルギーがいつのものかということなんです。

山尾　そのエネルギーが何歳か、どれほど古いかということですね。

*70
ウェス・ジャックソン（Wes Jackson　一九三六〜）ランド・インスティチュート（一九七六年設立）会長。カリフォルニア州立大学（サクラメント）環境学教授などを歴任。著書に『この場所の人間になるために』（*Becoming Native to This Place*）（一九九六）などがある。

スナイダー　木にしても、石炭、石油にしても、核にしても、みんな太陽熱がもたらしたものなんです。たとえば、もし木を燃やしたとしても、そのエネルギーの年齢はたいした年齢ではないんですよ。なぜなら木はごく最近の太陽熱によってもたらされたものだからです。私たちにとても近いんです。過剰なダメージを引き起こすことはありません。そして次の時代は、人類が石炭と石油を発見した時代です。石炭や石油は古い太陽の光で作られたものです。それはいたるところに持ち運びができるし、どこでも見つかるし、それによってエンジンを動かすこともできますね。工業の基礎ができるんです。最後に第三の時代というのは、原子力の時代です。原子力エネルギーは宇宙と同じ年齢なんですよ。それはもっともコントロールしにくく、もっとも危険なものなんです。

　ジャックソンは「自分の使うエネルギーの年齢（エネルギーがどれほど古いか）を知っていないといけない」と言ったんです。そしてまた、「いちばん健康な方法というのは我々にもっとも近いエネルギーを使うことだ」と言っているんです。

山尾　つまり薪ですか？

スナイダー　薪、太陽熱、水力などですね。

山尾　みんな最近のものですね。ソーラー・エネルギーなどはいちばん新しい。

スナイダー　そうです。今ここで電気をつければ、ほら、これはたった今、太陽からきたエネルギーなんですよ（スナイダーの家の電気はソーラー・パネルを利用している）。

山尾　本当に今、生まれたエネルギーですね。面白い。

スナイダー　これは太陽から直接来たものです。あそこにパネルが見えますね。今まさにここに来てるんです。

山尾　今であるのと同時に「永遠の今」ですね。

スナイダー　そうです、永遠の今。面白い見方ですね。

山尾　風もありますね。

スナイダー　潮もあります。

山尾　潮流ですね。

スナイダー　とにかく、我々はエネルギーとかテクノロジーに反発するべきではないんです。しかしながら私たちは、はっきりと差異というものを認識

すべての電気をソーラーでまかなう。これこそ今、生まれたエネルギーに他ならない

しながら使うべきだと思います。

――何の差異ですか？

スナイダー いい道具と悪い道具の差異です。それを認識しながら使うべきですね。

山尾 改めておうかがいしますが、原子力エネルギーというものをどう思いますか？

スナイダー たいへんヒドイものですよ！ 人間がコントロールできないもの、特に核廃棄物はね。誰もそれをどう処理していいかわからないんですから。

山尾 人間のキャパシティーを超えてしまっていますね。

スナイダー そうです。その古代エネルギーはあまりにも古すぎて、あまりにも遠すぎて、私たちからかけ離れているものです。まるでネズミ一匹殺すのに大砲を使うようなものですよ。というのは、原子力発電所を造ってやっていることは何かと言えば、水を沸かしているだけなんですよ。そんなこと薪や石炭でできるんですよ。それだけのことなんです。過剰に高温過ぎるんですよ。熱過ぎる。だから、一匹のネズミを撃つのに大砲を使うようなものだと言うんです。過剰に高温にして、その過剰な熱を取り扱わなければいけないんです。ただお湯を沸かして、スチームでタービンをまわしているだけ。それだけですよ。それで高熱と放射線が出るんですからたいへん危険なんです。

山尾　浪費ですね。

スナイダー　電気をつくるのに原子力を使うのは、あまりにも複雑で危険過ぎます。節電をして、もっと安全で効率的に電気をつくるべきです。そのほうがずっと効率的で健康的ですよ。

たとえば冷蔵庫ですが、冷蔵庫はあまり省エネ的ではないんです。今、実験的な冷蔵庫が作られているんですが、従来のものよりもほんの少し厚みがあるだけなんですが、三分の一の電力消費ですむ。アメリカ中の冷蔵庫が、もし全部このように効率的なものになったら、現在使われている一五の主要電力工場が必要なくなるということです。そのようないろんな例があるんですよ。たとえば夜の街なかの建物で使われている照明ですね。本当にいろんな例があります。

山尾　そういう意味ではテクノロジーに関しても、いいテクノロジーと危険なテクノロジーをよく見分けていく必要がありますね。
ちょうどこちらへ来る前に東海村の動燃再処理工場で爆発事故がありました。それ以前にも日本の美浜原発とか敦賀市の「もんじゅ」、スリーマイルやチェルノブイリ*71などでもすでに事故が起きていますね。人間が造り出した物から逆に牙をむかれているんですね。

スナイダー　誰がつけたのか知らないけど、その発電所を「もんじゅ」と呼んでいる。あれはイヤだね！　文殊は知恵の菩薩なんですよ。

——あ、そのもんじゅですか？

スナイダー　そうです。これは馬鹿な問題だね。本当にイヤだねえ。

——ものすごい皮肉ですね。

スナイダー　皮肉だね。あと「ふげん」。

——普賢菩薩。ありますね。

スナイダー　文殊と普賢。普賢菩薩は愛の菩薩ですよ。

山尾　これは歴史に残る名コピーですね、ブラックユーモア。それを名づけた人は二〇世紀最後の名高いコピーライターじゃないですか？

スナイダー　こういうのはアメリカの原子炉に「イエス」と名づけるのと同

*71
スリーマイル、チェルノブイリ
いずれも大事故を起こしたことで知られる米国と旧ソ連の原子力発電所。

じようなことですよ。

山尾　「イエス」、なるほど。

スナイダー　いやだねえ。

山尾　つまり一般的には原子力エネルギーというのはいちばん新しいエネルギーで、その次が石油だと思われているわけですが、本当は逆で、原子力はいちばん古いエネルギーというわけですね。

スナイダー　太陽のエネルギーがいつ薪に入ったか、いつ石炭に入ったかということを考えると、原子のエネルギーは宇宙のはじまりと同時に入ったわけです。

――原子力に関してですが、それが牙をむいてきたということは、人類は二〇世紀においてパンドラの箱を開けてしまったということではないですか？

スナイダー　そうかもしれない。

山尾　その側面は難しいですね。ゲーリーはどこかで原子力はもっと研究されなければいけない、と書いていますよね。ぼくたちは、原子力は手に負えないエネルギーだから禁止すべきだと主張する一方で、すでに排出されてしまっている廃棄物は放っておけば、プルトニウムの毒性の半減期で二万五〇〇〇年かかるんですから、その毒性を消す科学技術というものの研究もとても大事なことだと思うんです。もうパンドラの箱は開いてしまったのですから。

スナイダー　箱は開いてしまいましたが、閉めることは可能です。廃棄物処理に関して最大限の努力をすることです。でき得る限りのことをすることです。それが私たちにできる精一杯のことです。そして、そうしていきたいと願っている人たちも世界に多くいます。東カナダにはローレンシアン・シールド*72という岩盤があるんですが、何千マイルもあって、たいへん深く、またひじょうに古くてじょうぶな岩盤なんです。その岩の中に閉じ込めておけば、しばらくは安心だという議論が起こっています。

アメリカ政府は二〇年か三〇年ほど前から、ネバダ州のユカ・フラッツというところに核廃棄物を閉じ込めようという計画をたてていました。しかし地質学者たちは昔は安全だと言っていたんですが、だんだんと安全性が問われるようになってきたんです。それでネバダの人たちは反対するようになりました。そして次はどこに行こうかと、捨てる場所、置く場所を探している

*72 **ローレンシアン・シールド**（Laurentian Shield または Laurentian Highlands）
カナダのローレンシア台地。東カナダの高原地帯で、五大湖やセントローレンス川から北極海にまで広がる。

んです。

山尾　核のゴミですよね。一般のごみはリサイクル可能ですが、核廃棄物というゴミはリサイクルできないですよね。

スナイダー　そうです。

――原子力について、もっとも注意深くないのはフランスと中国と日本ではないかと思います。フランスは九五年にポリネシアで、あれだけ国際世論の反対を受けても核実験をやりましたね。あの頑固さというのはどうも理解できない。

スナイダー　フランスも中国も日本もみんな、誇り高い国ですね。

山尾　日本人は誇り高いと思いますか？

スナイダー　はい、そう思いますよ。だけどそれは少し複雑ですね。日本人には複雑な誇りがあるんです。でも中国の場合はそんなことはありません。彼らはただ自分たちがいちばんだと信じているのです。

山尾　いわゆる中華思想ですね。

スナイダー　フランスも自分たちが世界の中心だと思っています。日本の場合の複雑さというのは、自分自身ではいちばんだと思っていても、他人にはいちばんだと思われたくないというところにあると思います。

――なぜそう思われるのですか?

スナイダー　おそらく遠慮しているところがあるんでしょう。それにいちばんだと思われるのは危険ですからね。だからカモフラージュしたいんですよ。

山尾　そうかもしれません。

スナイダー　日本の金持ちが自分の力をあまり誇示しないのと同じことですよ。わからないことではありません。

山尾　日本は第二次世界大戦の時に、領土拡大の野心がありましたよね。日本がアジアの盟主であるというような考えですね。

――ゲーリーさんもそう思いますか?　日本人は領土拡大主義的な資質を持っているでしょうか?

スナイダー　そうかもしれません。中国もそうですね。フランスなんかはとても拡張主義的でしたね。フランスの植民地政策はとても面白いんですよ。植民地の誰もが、急にフランス国民になれたんです。そして植民地に立派な学校を造りました。その国の文化を尊重したんですね。それぞれ国によって植民地政策は微妙に異なるんですよ。フランスは植民地の住人との結婚も認めていましたし、それに対する偏見もありませんでした。それがフランスとイギリスの違いです。

――アメリカはイギリスに学んだんでしょうか？

スナイダー　多くはイギリスからですね。

――現代テクノロジーでも恐いテクノロジーの話をしてきました。今度はもう少し、未来に開かれる楽しいテクノロジーの話をしていきたいと思います。先ほど来、お話に出ている「ローン・イーグル」についてですが、日本でも田舎にいながら、都市とコンピューターを通じて仕事をすでにはじめている人も多いんです。以前から情報革命の時代だと盛んに言われてきていますが、日本の著名な評論家である立花隆さん*73は、この数千年の歴史の中で大きな革命的な出来事が三つあると言っています。ひとつは縄文から弥生時代になったということ、ふたつめが産業革命、そして三つめがこの情報革命だと。彼は数年前まで全然コンピューターのことを知らなかったんです。ところがコンピューターをはじめたら、これが「とんでもないすごいことだ！」ということに気づいたんです。たとえばインターネットを利用してアメリカのホワイトハウスの下水道工事まで、日本の中で画面を通して見ることがで

*73 **立花隆**（一九四〇～）長崎県生まれ。東京大学仏文科卒業後、雑誌記者を経て東京大学哲学科に学士入学。徹底した取材と独自の分析でニュージャーナリズムを確立。著書に『田中角栄研究全記録』『宇宙からの帰還』『脳死』『サル学の現在』『インターネット探検』など多数がある。

ローン・イーグル。スナイダーの書斎の天窓に鳥よけに貼られたイーグル像

きるとか。

世界各国の人たちが瞬時のうちに情報交換が可能になり、国境の壁を越えてしまうボーダレスの時代が具体的に現れるのではないかと予測するわけですね。

「水」をキーワードにして世界が広がる、というのと同じように、コンピューターによって国境の消滅、というか、ボーダレス時代の到来ということになるのではないかと。

スナイダー　それについて言えば私も同感ですね。

山尾　今後、人間とコンピューターとの関係がどうなるのか、ひじょうに興味深いものがありますが、「ローン・イーグル」というのをもう少し説明していただけますか。

スナイダー　「ローン・イーグル」という名前はみんなが面白がってつけているもので、中央から離れ、独立自活した教育のある知的労働者のことをさします。そのために彼らはコンピューター、インターネット、ファックス、それに加えて民間の輸送機関をいろいろと駆使します。たとえばU・P・S*74やフェデラル・エクスプレス*75など――アメリカの郵政省とは違う組織で、

*74
U.P.S. = United Parcel Service
「ユナイテッド小包宅配便会社」米国最大の小包輸送会社。

*75
フェデラル・エクスプレス
(Federal Express)
一九七一年設立の米国の大手宅配便会社。全米、ヨーロッパ、日本などで小包や文書等の配達を行う。

彼らはどこにでも配達してくれるんです。この森の道にも入って来るんです。昨日も今日も来ましたし、雪の中でも来てくれます。

山尾　山奥にも？

スナイダー　ええ。それに、たとえばイリノイにあるマック・ワールドのように、大きなコンピューター会社は大規模な製品サプライ用の倉庫を持っているんです。実は先日、ソフトウェアーが欲しかったので、電話で注文して、クレジットカードで支払い、二日後には配達されましたよ。

――画面上でクレジットカードのナンバーをうてば、決済できる。日本でもはじまっていますね。

スナイダー　この間、妻がコンピューターの新しいモニターを注文したんです。大きな箱で届いて、開けてセットアップしたら、うまく動かなかったんです。それで妻はコンピューター会社に電話をして、そう伝えると「新しいものを明日すぐにお届けします」と言うんですよ。そして翌日、新しいものが来て、同時に古いのも返品しました。そんなことが全部で三日以内に済んでしまうんです。他にも例をあげると、私が『終りなき山河』*76の原稿を書いている時のことです。出版作業はすべてが電気やコンピューターで可能で

*76 **『終わりなき山河』** *(Mountains and Rivers Without End)* 一九五六年に書きはじめられ、一九九六年に完結・出版されたスナイダーのライフワーク。全部で三九編の詩を収めている。能や山水画の影響が見られる。

はないですよね。まだ紙も使うわけです。原稿ですね。私の版元はゲラをフェデラル・エクスプレスを使って送ってきてくれるんです。値段は高くなりますが、オーバーナイト・フェデラル・エクスプレスを使って、ワシントンD・Cからここまで一晩！　ここの家まで届けてくれるんですよ。そういうことが、たとえばコロラド、ユタ、ネバダやシエラネバダに住むローン・イーグルたちがやっていることなんです。どこにでも住めるし、どこにいたってそれができる。

――ゲーリーさんは原稿を入れる時、コンピューターに入力してそのまま出版社に送るということをしていますか？

スナイダー　両方です。フロッピー・ディスクで送って、またプリント・アウトした原稿も送ります。その方が安全ですから。

――その最近の事例についていてどうですか？　三省さんはとてもきれいな美しい文字の原稿を郵便で送ってくれるんですが。

スナイダー　私も字を書くことは好きですよ。確かにこのテクノロジーはとても面白いですが、しかしそれがどれほど重要なのかということがあります。仕事は早くできますが、テクノロジーが私をすぐれた詩人にしてくれるわけではありませんから。

――ホッとしますね（笑）。三省さんいかがですか？

山尾　それはそのとおりだと思いますよ（笑）。

――日本でも若い連中はほとんどパソコンをやっていますね。でも僕はまだパソコンをやっていないので、僕のフロアーでは生きるシーラカンスみたいですよ。

スナイダー　シーラカンス！　アフリカの大きな古代魚ですね（笑）。

――最後の世代ですよ。

スナイダー　やらなくてもいいよ。

――そう言われますと救われるのですが、僕は三省さんの字が大好きなんです。とても心が入っていて。パソコンやワープロですとみんな同じ字になってしまいますね。たとえばゲーリーさんの字があったり、三省さんの字があったりするのに、個性が消えてしまうような感じがするのです。これはもう古い考えと言えば古いのですが。

スナイダー　私はここで最初の一五年間、電気エネルギーなしで生活していたんです。石油ランプを使っていましたし、電話もありませんでした。電話は電話会社が一年間無料で引いてくれたんです。それが今でもあるんですよ。でも自分がやりたい仕事は、実は電気なしで全部やれていました。古いタイプライターで全部やっていましたし、私は手書きが好きですし。今でこそコンピューターを使っていますが、詩を最初に書く時にはいまだに手書きですよ。ですからもしかしたら、本当はそんなに必要じゃないのかもしれませんね、この機械は。

情報革命というのはとても面白い考えですが、すでに私たちはあまりにも多くの情報を持ち過ぎているんですよ。問題は情報は多ければいいということではなくて、今ある情報をいかに理解するかということですよ。

山尾　同感ですね。

山里　私たちがこのインフォメーション・テクノロジーによって逆に失いつつあるものは何でしょうか?

スナイダー　若者を見ると、彼らは自分たちの時間を失っているような気がしますね。

個人的な経験、肉体的な経験が、ひじょうに抽象的なものにとってかわってきている。具体的で肉体的な経験というものを失いつつあるんです。情報の質ということからすれば、ハイクオリティーな情報というのはひとつ以上の感覚を通して手に入れるものなんですよ。たとえば見たり、聞いたり、嗅いでみたり、感じてみたり、ですね。

山尾　わかります。

スナイダー　たとえば愛です。

山尾　愛情というのは、実はひとつ以上の感覚を通して得るものだということですね。

スナイダー　You can't make love with the computer screen!（笑）。

山尾　コンピューター・スクリーンとセックスはできない。

山里　失いつつあるもののひとつとして手紙文化があると思います。

スナイダー　そうですね。

山里　手紙文化というのはひじょうに美しい文化だと思います。三省さんから手紙が来た時には、三省さんの青いインクとか字が好きですし……。僕も下手ですけど、自分の字で手紙を書くのが好きなんです。ところがゲーリーさんとはもう手紙を送りあいすることとないですね。

スナイダー　ないですね。お互いEメールの送りあい（笑）。

山里　私たちはずっとお互いに手紙を書いてきたんですよ。私はゲーリーさんの字が好きなんです。ゲーリーさんはすごく字がうまいし、とても味のある字をお書きになります。英語のカリグラフィ（書道）を大学で学んだんですね。それが最近Eメールになって少しさみしいんですよ。情報はお互いに早いんですけど。

スナイダー　そうだね。それでも時々、本当にリラックスして、誰かに何か書きたいと思う時があるよ。時々ペンで書きますよ。

山尾　でも山里さんからアメリカに来る飛行機の中で話を聞きましたが、以前はパソコンに向かうととても冷たくて機械的だったけど、Eメールをはじめると、朝起きてからオフィスに行ってパソコンの前に行くのが楽しみになったということをおっしゃっていましたね。

山里　そう、コンピューターはけっして冷たい機械じゃないんですよね。コンピューターのスイッチを入れて、Eメールを開けるのが楽しいんです。もしメールが届いていると、鶏が手紙をくわえて出てくる絵が出るんですよ。「コケコッコー」とか言って、鶏が手紙をくわえて出てくるんです。

スナイダー　そうですか。ユーモアあるね（笑）。マッキントッシュはひじょうに想像力に富んだシステムを作っています。ですから自分の心に少しは近いかもしれません。ハードディスクに入っている情報とキーボードで何かを書くということは、ある意味では、人の心と言葉の関係のようなものです。ですからコンピューターはある意味において——私はこれをカリフォルニア大学（デービス校）でも話したんですが——自分自身の心を見直し、それに対してもっと敬意を抱くようになるきっかけになる。コンピューターは自分の心、気持ちがなければ動かないし、キーボードは自分の言葉がないと打てませんからね。なにより言葉は我々の最高のテクノロジーなんです。私たちはまだそれを認識していないだけなんですよ。

山尾　テクノロジーの話に関連してゲーリーに聞きたかったことがあります。それは『亀の島』の詩の中に、科学は美しい、美である、という一行がありますね。

スナイダー　たぶんそれは「サイエンス・ウォークス・イン・ビューティー（"Science walks in beauty"）*77」という一行のことでしょう。

山里　「科学は美の中を歩む」、と訳していいでしょうね。

スナイダー　そうですね、それでＯＫです。この言葉はどこから来たものか

*77
"Science walks in beauty"
出典は *Turtle Island*（『亀の島』）に収められた作品 "Toward Climax"

わかりますか？　ナバホです。「生きるための、そして精神的な修業のための大事なポイントは美の中を歩むことである」とナバホは言っているんですよ。つまり世界の中に存在する美を見出すこと、世界を美しいものとして見なさい、ということです。

山尾　文字どおりに美しく歩くということですか？

スナイダー　美の中を歩むということです。

山尾　美を見て歩く、世界の美しいものを見て歩く。

スナイダー　そうです。つまりここで言う美とは、世界をよく見ることができるのであれば、それは美しいものとして見ることができる、ということです。実際そうなんですよ。科学の世界というものは――これはまた先ほどの「Living science――生きている科学」のことですが――世界の美の多層性を見せてくれるような情報をたくさん持っているんです。世界がいかに美しいかを教えてくれる多彩な情報を持っているんです。私はそれを意味していたんですよ。

山尾　科学は美の中を歩む、ですか。

スナイダー　そうです。でも科学者たちはそれを知らないんですよ。

＊78
『ノー・ネイチャー』(*No Nature*: New and Selected Poems)

山尾　ゲーリーはその場合の科学をどのように定義しますか？

スナイダー　私がここで言っている科学とは、まさに先ほどあなたが話していた「生きている科学」です。このフレーズは私の言いたいことの一部です。全体としては『ノー・ネイチャー』*78に表現されています。

山尾　三〇年前、残念なことに私は科学が嫌いでした。でも最近はひじょうに科学が好きになりました。まさしく科学もまた、美の中を歩いていることがわかってきたんですね。

スナイダー　そうですか。私が具体的に興味があるのは植物学、鳥類学、地学、あとはある種の科学理論、たとえば現代のカオス理論、地球科学、これはつまり気象や大気など気象学も含めてですね。それから化学物質の基本的な働きに関する思想、化学の基本的な働きなどですね。これは少し物理的です。だけど私は数学は得意じゃないので、正確には物理学を理解しているとは言えませんね。私はこれからの二一世紀の詩は科学を吸収しないといけないと思っています。

山尾　確かにそうですね。詩と科学は姉妹のようなものですね。

山里　ウォルト・ホイットマン*79は一九世紀までの科学を吸収した。だから

一九九二年出版の詩集。スナイダーが八〇年代までに出版した詩集の五〇〇余の作品の中から二七〇編を選び、さらに一五編の新作を加えて編まれたもの。この中からさらに六七編を選び翻訳したのが金関寿夫・加藤幸子訳『スナイダー詩集——ノー・ネイチャー』（思潮社、一九九六年）である。

*79 **ウォルト・ホイットマン**　一八一九～一八九二（Walt Whitman）ニューヨーク州ロングアイランド生まれの詩人。一八五五年『草の葉』(*Leaves of Grass*)の初版を出版、当時の文壇の指導的存在であったエマソンに認められる。口語を駆使し、一九世紀アメリカの日常の体験を描写するこの詩集は、アメリカ詩の源流のひとつと見なされる。多くの現代詩人に影響を与えた。

ホイットマンは読みづらかったんです。それまで使われなかった新しい語彙をたくさん使ったんですね。だから野蛮だとか読みづらいだとか、いろんなことを言われました。それはゲーリーさんのやっていることでもあるように思うんですが、どうですか？

スナイダー　おそらく、多少そういうところがあるかもしれませんね。

山里　ゲーリーさんも今言ったような科学の言葉をかなり取り入れていますから、中にはゲーリーさんの詩を難しいと言う人もいますね。

スナイダー　ええ、そうですね。エコロジーを取り入れてますからね。ちょっと硬いかもしれませんね。

山里　ところがじっくり読んでみるとひじょうに深みのある、新しい世界を開いているわけです。植物学や地学、気象などいろんなものを詩の中に入れていくんですね。だから読者、研究者としての私はエコロジーとか植物学とかいろんなことを学ぶ必要性にかられています（笑）。

スナイダー　（笑）

山尾　日本では宮沢賢治*80の詩に共通点を見出せますね。

スナイダー　彼は科学をたくさん取り入れていますね。

*80 **宮沢賢治**
スナイダーは一九六八年出版の詩集『奥の国』（*The Back Country*）の第五セクションに自ら英訳した一八編の賢治の作品を収めている。両者ともに仏教徒であり、科学の語彙を多用し、場所を重視するという点でも共通するものが多い。また、山尾三省も賢治に関するいくつかのエッセイを発表している。三者に共通点は多い。

山尾　宮沢賢治が読みにくかったのはサイエンスを取り入れたからです。それから仏教を入れた。だから難しいんですね。僕も今ではよくわかります。宮沢賢治の言っていることがよくわかるんですよ。おそらく彼はその時代までにわかっていたサイエンスをみんな取り入れたんでしょう。だから今、二〇世紀末を生きている我々にはこれがわかるんだと思います。

スナイダー　西洋文化の伝統では、科学と宗教は分けて考えなければいけないことなんです。でもアジアの思想、仏教や道教などでは、宗教と科学は一緒になることができる。

――昨年（一九九六年）、賢治生誕一〇〇年だったんですが、改めて世間に見直されはじめてきたというのは、やはり次の時代の予感だと思います。

スナイダー　私が二〇年前に言ったことを知ってますか？　宮沢賢治は二〇世紀の日本で、おそらくもっとも重要な詩人ではないかということを言ったんですよ。

――だから宮沢賢治を翻訳したんですね。

火はヒトを魅きつけてやまない

火を焚きなさい

山尾三省

山に夕闇がせまる
子供達よ
ほら　もう夜が背中まできている
火を焚きなさい
お前達の心残りの遊びをやめて
大昔の心にかえり
火を焚きなさい

風呂場には　充分な薪が用意してある
よく乾いたもの　少しは湿り気のあるもの
太いもの　細いもの
よく選んで　上手に火を焚きなさい

少しくらい煙たくたって仕方ない
がまんして　しっかり火を燃やしなさい
やがて調子が出てくると
ほら　お前達の今の心のようなオレンジ色の炎が
いっしんに燃え立つだろう
そうしたら　じっとその火を見詰めなさい
いつのまにか——
背後から　夜がお前をすっぽりつつんでいる
夜がすっぽりとお前をつつんだ時こそ
不思議の時
火が　永遠の物語を始める時なのだ

それは
眠る前に母さんが読んでくれた本の中の物語じゃなく
父さんの自慢話のようじゃなく
テレビで見れるものでもない
お前達自身が　お前達自身の裸の眼と耳と心で聴く
お前達自身の　不思議の物語なのだよ
注意深く　ていねいに
火を焚きなさい
火がいっしんに燃え立つように
けれどもあまりぼうぼう燃えないように
静かな気持で　火を焚きなさい

人間は
火を焚く動物だった
だから　火を焚くことができれば　それでもう人間なんだ

火を焚きなさい
人間の原初の火を焚きなさい
やがてお前達が大きくなって　虚栄の市へと出かけて行き
必要なものと　必要でないものの見分けがつかなくなり
自分の価値を見失ってしまった時
きっとお前達は　思い出すだろう
すっぽりと夜につつまれて
オレンジ色の神秘の炎を見詰めた日々のことを

山に夕闇がせまる
子供達よ
もう夜が背中まできている
この日はもう充分に遊んだ
遊びをやめて　お前達の火にとりかかりなさい
小屋には薪が充分に用意してある
火を焚きなさい

よく乾いたもの　少し湿り気のあるもの
太いもの　細いもの
よく選んで　上手に組み立て
火を焚きなさい
火がいっしんに燃え立つようになったら
そのオレンジ色の炎の奥の
金色の神殿から聴こえてくる
お前達自身の　昔と今と未来の不思議の物語に　耳を傾けなさい

『びろう葉帽子の下で』より

屋久島の海はアメリカの西の海につながり、地球を循環する

百万年の船

ゲーリー・スナイダー

百万年の船
　朝の船が
碧青色のシカモアの木の間を走っていく。

夜明け　白いオランダの貨物船が
紅海で、ぼくらのタンカーを追い抜いて
ラス・タヌーラに向かっていく——その赤い煙突——
　太陽はすでにぼくの肩甲骨を焦がしている、ぼくは
　ざらざらの鋼鉄の甲板にひざまずきペンキを剝がしている。
灰色のおんぼろT-2タンカーと
　白いオランダの貨物船

太陽の船
アブト魚《うお》、ユート魚《うお》が
　その舳先の波の中で戯れている
塩の匂いのする紅海
　イルカたちは陽の光を切り裂き
疾走し、ぐるぐる回りながらもつれ合う
　前方に反り返り横揺れしながら
　波を切って進む舳先の下で

ティヤールは「地球の舵を取れ」と言ったが
　あれは冗談を言っていたのだ

ぼくらはイルカたちに導かれて朝に向かっていく。

『終わりなき山河』より（山里勝己訳）

第十三章 次の千年に向けて

――　私はこの対談を終えるにあたって思い出したのは、スタンリー・キューブリックの『二〇〇一年宇宙の旅』という一九六〇年代後半の映画です。あの映画は、人類創世記、石や火を使用した時代から宇宙船の中でHALUというコンピューターが最後、コントロールがきかなくなり、人間が宇宙に放り出されるまでを描いた象徴的なストーリーでした。当時はひじょうに遠い世界の話だと思っていましたが、いつのまにかあと数年で二〇〇一年を迎えようとしています。

先ほど二〇世紀にはたいへん困難な時代だったという話がありました。時に絶望的になることも多いのは確かです。しかし、昨日今日の話の中で、次の時代につながるような新しい光が見えてきた印象を受けました。最後に、おふたりのそれぞれの生き方を通じて我々は今後どういう時代を迎え、どういう暮らし方をしていくべきかについてお話ししていただければと思います。

山尾　いくつかありますが、結論的に言いますと、この惑星、地球を尊敬して生きていくということが基本だと思うんです。それが次の時代に向けていよいよ再確認されていくだろうと思います。もう少し具体的に言えば、「土」に対する尊敬、「水」に対する尊敬、「森」に対する尊敬、「空気」、「時間」、

それから……、

スナイダー　「心」に対する尊敬。

山尾　そう、「心」に対する尊敬というのはとても大事なことですね。

「心」ということに関連して、もうひとつつけ加えたいんですが、二〇世紀は思想としてはインディビデュアリズム――個人主義に基づいた民主主義を確立した世紀だと思うんですね。それはとても大事なことだったと思います。しかし個人という存在はあり得ないということが認識されるようになり、ポストモダンとして実はみんながつながっているんだ、ということに気がついてきた時代だとも思うんですね。それは宮沢賢治が「世界全体が幸福にならないうちは、個人の幸福はあり得ない」という言葉で言い表したことなんです。彼は詩人としての予言者ですから、その予言者としての彼の言葉を、今度は僕たちが実現していくんだろうと思うんです。なんだかそういう存在の構造というものが、この一〇〇年をかけて見えてきたような気がします。個人でありながら個人であり得ない、といいますか……、民主主義の新たな展望に関わることがらです。それはとても難しいことですが、僕はそこに「希望」を見ます。それが心の問題ですね。そういうことを大切にしていきたいということです。

スナイダー　三省の言ったことにつなげて言えば、二〇世紀には三つの力というものがあるように思われます。ひとつは高まる一方の国家権力です。たとえば台湾、中国、日本、アメリカですね。ふたつめはグローバルな経済の力です。多国籍企業の問題ですね。これはまるで何かもうひとつの強国のようなものです。時には独立国家のようにも見えます。そして三番目は、人々の中に、自分の運命を企業や国家によって決められる理由はないという意識の向上が起きているということです。これは世界の情報革命によってもたらされたところもあるでしょう。世界のいたるところで人々が本当の政治というものを学びつつあるのではないでしょうか。つまり、民主主義意識の向上と、世界の情勢に対する認識力という力です。第三世界にはたいへんすぐれた人がたくさんたくさんいるんです。多くの人たちが国家主義的、あるいは資本主義的な定めや運命に従いたくはない、と思っているのです。そこに希望があるんです。この動きは世界的に広まると思います。必ずしも企業や国家によって自らの自立性や精神をコントロールされない、というような若い人たちも多く世界に登場してきました。中国や台湾の若者を見てみると、彼らは米国にやって来て、とても開放的でしっかりしています。そして台湾や日本、中国は経済的にあまりにアグレッシブ（攻撃的）だと気づいているんです。彼らは文化的にも倫理的にも国際的なセンスを持っています。環境にも興味を持っています。彼ら若者にはたいへん面白い、コスモポリタン的な知性があるんですよ。最近、私の出会ったもっとも興味深い学生たちの中には台湾の学生もいます。デービス校*81には利発な学生がたくさんいるんですよ。とても賢くて、理解力が早い。それにこのシエラの山の中に来るのが好きな若者たちです。だから彼らを見ていると、私はアジアの若者に対してひじょうに楽観的な感情を抱いてしまいます。私が一九九三年に北京にいた時もそう感じました。そこで多くの若者や作家たちに会いました。古い世代のインテリや政治家たちは中国の力、中国への敬意、中国の経済について語っていました。でも一方で若い人たちは生活の質、クオリティー・オブ・ライフについて話していたんです。随分違っていましたね。

もしも現在の中国社会が変化したら、中国はもっと違う社会になるかもしれません。そして日本に関して言えば、私は日本はロシアと友好的な関係を持つべきだと思います。そして日本の若者はシベリアに行くべきです。何万

*81 **カリフォルニア大学デービス校**（University of California, Davis）　スナイダーは、一九八五年から英文学科教授として、大学院の詩の創作コースや学部の「ウィルダネスの文学」などを教えている。

人という人たちがシベリアに行って、ハイキングをしたり、森を歩いたり、丸太小屋を建てたりして、そしてヨーロッパまで汽車に乗って行くんです。ヨーロッパと日本を汽車で行ったり来たりするべきだと思うんです。そういうことをするべきだと思います。それから東アジアとシベリアとロシアとがひとつになるべきではないかと思うんです。結果的にはバイオリージョナリズムの観点から言えば、シベリアは分離独立できるんじゃないかと思います。おそらく、ですけどね。あるいはそこにアラスカとシベリアの一部が一緒になった新しい国ができるかもしれない。そしてそれを「ベーリンジャ」と呼ぶんです。

山尾　ベーリング海峡に架ける新しい橋ですね。

スナイダー　新しい国になるんですよ。

山尾　それがバイオリージョナリズムの考えですね。

スナイダー　それは両サイドにエスキモー的な文化を持ったものでもありますね。

山尾　文化的にも一緒ですね。

スナイダー　伝統社会と現在のライフスタイルも一緒ですね。今、アラスカの人たちはシベリアやロシアを訪ねて、学校間の交流もしているんです。面白いですね。とても近いんです。

山尾　国家権力によって分割されているだけなんですよね。

スナイダー　国家権力だけなんですよ。ですからもしも人々に力が集まったとしたら、いろいろな大きな変化が起こってくるのではないでしょうか。

またチベットも解放されなければなりません。我々はチベットのことを忘れるべきではありませんね。我々というのは日本も台湾も含めて私たちすべてです。台湾ではチベットの問題になると、みんな感情的になるんです。台湾と中国の関係がそうさせるんですね。台湾と中国にはそれぞれふたつの党があるんです。一方は中国に属したい党で、もう一方は独立台湾派ですね。独立台湾派は「Free Tibet! Free Taiwan!」と主張するんです。

山尾　気持ちは同じですが、たいへん難しい問題ですね。

スナイダー　私の楽観的な考えでは、おそらく私たちの話しているバイオリージョナリズムの有する集権排除的な、自主独立の精神というのは世界の中でも力を持っている考えだと思います。第三世界ではひじょうに大きな力を持っている考えだと思います。そして若い、教育を受けた人たちがいずれこういうことを理解するようになるのではないかと思っています。

山尾　僕もそう思います。それをこそ希望します。

スナイダー　そうなるといいですね。私は今まで、詩やエッセイを長いこと書き続け、いろいろな活動もしてきました。たまに人に「たぶん君が勝つことはないだろうよ」などと言われたりするんです。そんな時は、私は、「勝つためにやってるんじゃないんですよ」と答えるんです。「正しいことだからやっているんですよ」と、答えるようにしているんです。

山尾　いやあ、本当にありがとうございました。

スナイダー　Thank you. こちらこそ、どうもありがとう。三省とこのキットキットディッジーでこうして会って、対談ができて本当によかったですよ。今度は私があなたを訪ねなくてはいけませんね。キャロルとふたりで、屋久島にあなたやご家族を訪ねに行きますよ。

山尾　ぜひぜひお待ちしています。

次の千年、私たちはどこに向かうのか

子供たちこそ次の世紀を担う主人公である

子供たちのために

ゲーリー・スナイダー

上昇する
統計の丘、そのけわしい斜面が
ぼくらの前に横たわる。
すべてが急に
上がって行き、昇って行き、
ぼくらはみんな
落ちていく。

次の世紀
あるいはそのまた次の世紀には
谷間や牧草地があり、

うまくいけば
ぼくらはそこで平和に
会えるという。

やがて来るこのような頂を越え行くため
きみたちにひとこと、きみたちと
きみたちの子供たちに――

離れず
花々から学び
身はかろやかに

『亀の島』より（山里勝己訳）

あとがき

ゲーリー・スナイダー

山尾三省とぼくは庭にある東屋《あずまや》に座っている。手で樹皮をはがした松の柱の向こう側に池や松の木やスゲの茂みが見え、草地のはずれでは野生の七面鳥が遊んでいる。その向こう側には、また多くの松の木が生えていて、樫の林もある。その下には川が流れる渓谷があり、渓谷を上るとその向こうには土地が何マイルも広がっている。ぼくらはいま、長くなだらかに傾斜する北カリフォルニアのシエラネバダ山脈西側斜面、太平洋岸から内陸部へ一二五マイルほど入った場所に座っている。一九九七年の三月末、気候はおだやかで、明るい陽射しが注いでいた。三省とぼくにとってはほぼ三〇年ぶりの再会であった。すでにお互いの髪には白いものが交じり、年もとってしまっている。ぼくらは来し方を語り、ぼくらが住むコミュニティーや自らの手で建てた家の話をし、なぜその場所に住むようになったかということなどについて語り合った。

一九五六年から一九六八年まで、ぼくは京都に住んでいた。日本に行った主要な目的は、大乗仏教を研究し禅を実践するためであったが、ぼくは詩人で環境保護論者でもあったから、六〇年代半ば頃には同じ考えをもった若い日本人たちと知り合うようになった。彼らはまことに大胆で、怖れを知らない、創造的な精神を有するグループであった。彼らは質素な生き方をしながら自由に旅を続ける文化的にラディカルな若者たちであり、その運動は当時の若者のインターナショナルな運動のそれに近いものであったが、外国の運動と比べると、焦点がはっきりとしていて、より協調性を持った共同体を志向していた。それに、彼らは怒りとはほとんど無縁の若者たちでもあった。ぼくは長沢哲夫やサカキ・ナナオを通して三省や他の多くの若者たちと知り合ったのだが、彼らはぼくを京都の世界とはまったく違う別の日本に導いてくれた。それはまた、それなりに、フォーマルな仏教の世界と同様に、すべての存在、生きとし生けるものの救済にひたむきに打ち込んでいる世界であった。そのような彼らと共に新宿の中心部から奄美大島の北にあるトカラ列島まで旅をし、列島の中の火山島のひとつで畑を作り、いくつかの小屋を建てる仕事をした。ぼくらは畑で食料を育て、銛で魚を突き、きちんと座禅を組み、ときには音楽と焼酎で火山と海の神を称えた。そのように過ごした時間は、時間を超越したものであるように思われた。はじめて三省と知り合ったのもこの島であった。そのあと、冬になってぼくは東京を訪ねたが、その時にはもっと深くお互いを理解し合えるようになった。三省は、あの日本の対抗文化《カウンターカルチャー》の中で最も思慮深く、理路整然と考えを述べることができる人物のひとりであった。当時、三省とぼくは何度か素晴らしいディスカッションをしたのである。やがて時間が過ぎ、ぼくは西半球に帰って行った。家族と住む家を建て、アメリカの社会で人間と生態系のコミュニティーを築くことを考えながら――。すでにその時までに住む場所は決めてあった。道元禅師も言っているように、「自分の場所が見つかれば、そこで自ずから修行がはじまる」のである。この点で言えば、京都時代はぼくにとっては準備期間なのであった。

アメリカでは何年も厳しい生活が続いた。文化と政治の運動に関わり、座禅を教え、森の中で農場を営み、生活をしていく――。何年も、明日の蓄えもない、その日暮らしのような状態が続いた。三省とは長い間文通を続けていたが、やがて多くの日本の同志たちと連絡が途絶えた。ナナオは七〇年代初期にアメリカにやって来て、南西部の砂漠や山々がいたく気に入ってしまった。ナナオからは時々かつての仲間たちのことを聞いたが、そのときに山尾三省が屋久島に住んでいて、詩人として、またエッセイストとしてよく知られるようになってきたということを知らされた。山里勝己とぼくは、彼がカリフォルニア大学デイビス校英文科の博士課程で学んでいるときに知り合った。その彼の案内で、三省、編集者の三島悟氏、そして写真家の高野建三氏がキットキットディッジーに訪ねてきてくれたのは、去年の三月のことであった。そこでぼくらはお互いの体験を語り合い、数時間かけて、グローバル化が進む世界で自然とコミュニティーを維持していくことの困難さについて考え、話し合った。この本に収められたものはそのときの三省とぼくの対談である。はっきりと対談の中で述べられてはいなくとも、ぼくらが探求し、実践している文化が「アメリカ的」あるいは「日本的」なものでもなく、また「東洋的」あるいは「西洋的」なものでもないことは明らかであろう。それは、互いに影響し合い、太平洋をまたぎつつ共同で構築された、「トランス・パシフィック」な哲学である。この思想は、第二次世界大戦の終戦から一〇年の間に、日本と北米の思慮深い人々の抱きはじめた慈悲の精神と新しい思考法から生まれてきたとぼくは考えている。これはいまだ完全にはその全貌を見せていない精神世界である。この世界では、マハトマ・ガンジーの非暴力の政治とアメリカ先住民の宗教に見られる深遠な自然の神秘主義が出合い、ウェスト・コースト・ジャズのエレガントな戯れが能や禅の詩の世界と遭遇する。あるいは、老荘哲学の寓話がヘンリー・デイヴィッド・ソローと出合い、東アジアの仏教がアメリカの労働者たちの組合主義と出合う。そして、なによりも、西であれ東であれ、いま世界で起こりつつある自然破壊と文化の衰退に、深い不安を覚える無数の普通の人々が存在する。

自分の場所を見つけ、コミュニティーを育て上げるということは、グローバルなスケールで健全さを助長するためのひとつの戦略なのである。ぼくらの文化の故郷は過去の深みと遠い未来に存在する。あなたがいまどこにおられようと、どうぞコーヒーやお茶でも飲みながら、ここで語られている事柄について、親しい友人たちと話し合ってみてください。共に世界を新しくよみがえらせようではありませんか。

一九九八年四月四日

（山里勝己訳）

解説

山里勝己（名桜大学教授）

出会い

ゲーリー・スナイダーと山尾三省の出会いについては、両者が対談の中で少しは触れてはいるが、その背景や全体像についてはまだよく知られていない。ここではその出会いについて語ることからはじめたい。

スナイダーが、当時大徳寺の龍泉庵《りようせんあん》で禅の古典の英訳に取り組んでいたルース・F・ササキの援助で来日したのは一九五六年のことであった。禅や大乗仏教に対するその深い関心は、たとえばスナイダーが主人公のモデルとなっているジャック・ケルアックの『達磨《ダルマ》行者たち』にも詳しく描かれている。これは、『路上』と並ぶケルアックの代表作であり、五〇年代半ばの西海岸における、いわゆる「ビート・ジェネレーション」の姿を生き生きと描写する作品である。スナイダーは、その前年の五五年には、アレン・ギンズバーグらとアメリカ詩史上の重要な事件である「シックス・ギャラリー朗読会」にも参加していた。だから、スナイダーが来日したのは、若々しいビートの熱気がアメリカを席巻しようとする直前であったが、このようなアメリカでの動きと距離を取りつつ、スナイダーは京都でのフォーマルな仏教の研究と修行に沈潜していったのである。

しかし、スナイダーの日本文化に対する関心は宗教のみに限られたものではなかった。詩人として、あるいは先駆的な環境保護論者として、五〇年代の冷戦のイデオロギーを超越し、未来へとつながる新しいオールタナティブな世界像を探求しつつ、スナイダーは日本の知識階層と接触をはじめる。しかし、そのようなスナイダーは、当時の日本の知識階層を支配していた政治的「教条性」や、シュールリアリズムなどの影響に呪縛された現代詩のありように、強い不満を覚えることになる。それゆえ、五〇年代の後半から六〇年代初期にかけてのスナイダーの活動は、まだ京都の禅の世界が中心になっていた。

山尾とスナイダーの出会いのきっかけは、スナイダーのインド旅行である。一九六一年、釈迦の生誕の地を訪れようとスナイダーはインドにおもむくのであるが、横浜から出港したカンボッジ号の船上でニール・ハンターと知り合う。ハンターはオーストラリア人で、日本では新宿にしばらく滞在し、そこでサカキ・ナナオと四ヶ月ほど一緒に暮らしていた。この滞在中に、ハンターとサカキはサカキの詩を共同で英訳している。ハンターは船上でその詩をスナイダーに見せ、日本に帰ったらサカキと連絡を取るようにとすすめたのであった。

一九六〇年の安保闘争が終焉した後、日本では新宿を中心に、(山尾三省の言葉を借りるならば)ピラミッド型の「中央集権的な政治形態」に叛逆し、そのような社会体制からドロップアウトしつつ、新しい文明のありようを模索する若者たちが登場してくる。このような若者たちは、日本国内や外国を放浪した後で、「組織でない組織、組織であることを拒否するぎりぎりの接点での組織」(山尾三省、「部族の歌」、『聖老人——百姓・詩人・信仰者として』所収)をめざして「部族」を結成し、その拠点をトカラ列島の諏訪之瀬島や信州の富士見高原や東京の国分寺に置いた。これは、明らかに、近代工業文明に対する叛逆でもあり、再び山尾三省の言葉を引用するならば、「自然の中でぼくらは、自分らの手で家を作り、井戸を掘り、畑を耕し、魚を釣り、夜の闇の深さと、星の明るさを見つめ、太陽の熱さ、冬の厳しさ、空の青さを感じることを始めた」のである(「部族の歌」)。このようなグループのリーダーがサカキ・ナナオであった。

当時の部族の主要メンバーには、サカキや山尾の他に、長沢哲夫や加藤衛等がいた。インドから帰ったスナイダーと、部族のメンバーがお互いの中に思想的に共鳴するものを見出すのに時間はかからなかった。五〇年代の未曾有の物質文明を謳歌するアメリカを批判し、仏教やアメリカ先住民やヘンリー・D・ソローの伝統の中から新しい生き方を模索しようとしたスナイダーは、日本の部族がかつて自らが西海岸で夢見た新しい文化の方向性を共有していることを発見するのである。

サカキ・ナナオや山尾三省に代表される日本の対抗文化《カウンターカルチャー》とスナイダーが初めて会ったのは一九六三年、インドから京都に戻り、インドで落ち合ったアレン・ギンズバーグが京都を訪れていた年であった。それから、部族のメンバーとこのアメリカ詩人は諏訪之瀬島の「バンヤン・アシュラム」を築き、富士見高原や国分寺を訪ねて新しい未来を語り合うことになる。(また、スナイダーが、部族のメンバーたちに祝福されながら上原雅子と結婚したのも、諏訪之瀬島の火山の頂でのことであった)。スナイダーを京都の伝統的でフォーマルな仏教の世界から、日本のサブカルチャーの世界へと導いていったのはこのような部族のメンバーたちであった。それは、互いに深い影響を与え合い、「トランス・パシフィック」な哲学を構築することを可能にした、まことに希有な出会いであったと言えよう。

場所への回帰

スナイダーは、ほぼ一〇年にわたる日本滞在に一区切りをつけ、一九六八年十二月に妻子を伴って北アメリカに帰って行った。住む場所はすでに見つけてあった。北カリフォルニアのネバダ・シティーの森の中に、ギンズバーグらと共同で購入した土地である。そこは夏は乾いて暑く、冬は雨や雪が降る土地であった。そこはまたポンデローサ松や黒樫やマンザニータが茂り、シカの群れが住み、時にはコヨーテや熊が出没し、野生の七面鳥の一家がゆったりと人間の目の前を通り過ぎて行くような場所でもあった。

この場所は、日本で研究したことや学んだことを実践に移す場所であった。カリフォルニアの辺境で、「人間と生態系のコミュニティー」を築き、新しい「場所の文化」、「自然の文化」を創造する仕事が待っていたのである。スナイダーが近年好んで使う用語に「リインハビテイション」があるが、これは、対談の中の注釈でも説明したように、「再定住」と訳することができる。この言葉は、簡単に言えば、ある場所の生態系を注意深く学びながら定住者として生活することを意味するものであるが、その背景に、絶え間なく移動を続ける生き方をよしとする、伝統的なアメリカ文化に対する批判があることは言うまでもないことであろう。

一九七〇年、スナイダーはこの土地に家を建てた。仲間たちと家族の力だけで建てた家で、それは主としてアメリカ先住民の住居の構造と日本の農家の構造を融合したものであった。ほとんどの材料はこの土地で手に入れたものであったが、古道具屋で見つけてきた窓を使ったり、あるいはシエラネバダの山から運んできた石を台所に使用したりした。この家はキットキットディッジーと呼ばれる。これは、かつてここに住んでいたウィントウ族が用いた名称であり、シエラネバダ山麓の西側斜面に普通に見られる丈の低いバラ科の草を指す言葉である。スナイダーがこのような構造と名称をもつ家を建てたということは極めて示唆的であろう。それは、すなわち、アメリカ先住民の古代からの定住の伝統や、日本の農家に見られる定住の伝統に、自らの再定住の生活を繋げようとする意志の表明であるとみることができる。これは明らかに、生態地域《バイオリージョン》と融合した生活を意図する、「バイオリージョナル・ハウス」のモデルとして想定されたものである。この対談の「あとがき」で、スナイダーは「京都時代はぼくにとっては準備期間なのであった」と書いているが、それはこのような場所に根ざした生活の中で新しい文化を創造し、新しい人間観を追求するための「準備期間」であり、「亀の島」(北アメリカ)でのさらなる「修行」に向けた時代であったと言う意味であろう。その軌跡は、北アメリカから日本を経てインドへと至り、再び北アメリカへと回帰していくものなのであるが、最終的にはひとつの場所へと至り、そこで「場所の感覚」を深めながら新しい人間像を追求するものとなるのである。

山尾三省の人生の軌跡もまたひとつの場所へと収斂するものとなっている。東京で生まれ育ち、大学をドロップアウトした後、山尾は一年ほど与論島に住み、その後で国分寺の「古い大きなアパート」で「部族」の生活をはじめる。同時に、「日本で最初のロック音楽の店」であったスナック喫茶「ほら貝」で新しい経済と労働の実験もはじめた。それから、彼は一九七三年十二月に家族とインド・ネパールの巡礼の旅に出る。妻と三人の息子たちを伴った五人の家族の旅である。この巡礼を終えて帰国し、しばらくすると山尾は家族と共に屋久島の大字《おおあざ》一湊《いっそう》、小字《こあざ》白川山《しらこやま》なる場所へと移り住む。一九七七年のことである。そこは「清らかな大きな谷川が流れている山の中」であった（「悲の道」、『聖老人――百姓・詩人・信仰者として』所収）。

このような山尾の軌跡は、明らかにスナイダーのそれと重なるものがある。宗教的な探求、家族を伴い円環を描く軌跡、場所への回帰、そのような場所での自然と人間の関係性の再構築、新しい人間像の模索――。実際、一九七〇年代以降のスナイダーと山尾にとってのキーワードは「場所《プレイス》」なのである。インドから戻った山尾は「生活の場」、あるいは「故郷性存在」というヴィジョンが徐々に内に宿りはじめるのを感じるようになる。古代から生き続けてきた屋久杉の「聖老人」の声を、降りしきる夜の雨の中に聞いて移住を決めた時から、屋久島は新しい文化を創造し、次なる千年紀に向けたヴィジョンを模索する場所となる。七千年余を生きた屋久島の「聖老人」は、「ただ深くそこに在れ、と、あるいは、ただ深くそこに働け」と、その声を聴く者に告げる（「序」、『聖老人——百姓・詩人・信仰者として』）。

今は、おそらくは「場所《プレイス》」を生きる思想が力を持ちはじめた時代であり、そのような思索の中から生まれてきた新しい人間像が世界的に支持されるようになってきた時代なのであろう。スナイダーは、これまで繰り返し、「『人間にふさわしい研究対象』とは、人間であるということは何を意味するか、ということ」（『野性の実践』）であると述べてきた。そして、シエラネバダの生態地域《バイオリージョン》を深く生きる中で、スナイダーはこの問いに答えようとする。これは、人間にとっての古くて新しい問題、すなわち「いかに生きるべきか」という問いに答えようとするものでもある。二〇世紀後半は、自然破壊とグローバリゼーションが進展し、それに伴う文化の衰退が誰の目にも明らかになった時代である。二〇世紀後半の真にシリアスな文学はこのような問題と真摯に取り組み、それから決して目を逸らすようなことはしなかった。シエラネバダの森のゲーリー・スナイダーと、屋久島の森の山尾三省が、このような方向性を代表する詩人であることは、まずは間違いないことであろう。

新たな世界像

一九六〇年代に交差したスナイダーと山尾の軌跡は、一時は別々の方向に展開しはじめたように見えたのであるが、ここに収録された対談を読むと、両者の軌跡が再び交わり、はっきりと同じ未来を指向していることがよくわかるはずである。両者が共有し模索する思想は、スナイダーが「あとがき」で指摘しているように、いまだその全貌を見せてはいない。それは、「西洋的なもの」と「東洋的なもの」という枠組みを越えた、「トランス・パシフィック」な哲学であり、ヴィジョンであり、二一世紀の世界と人間の関係性のありようを模索するものである。それを「バイオリージョナリズム」と呼ぶことも可能であろうし、あるいは「ディープ・エコロジー」という言葉で説明することも可能であるかもしれない。

しかし、それはなによりも、新しい世界像を模索しつつ、希望を語る文学であり思想であるように思える。スナイダーは、「亀の島」、すなわち北「アメリカ」大陸に希望に満ちて「再定住」することを提唱する。この詩人は、一つの場所で、三〇年近く、持続可能な洗練された経済活動のありようを模索し続けてきた。そこには人間と自然が共生しながら育んでいくコミュニティーの夢があり、そのようなコミュニティーこそが真の文化を生み出す源泉であるとスナイダーは説き続ける。最新長編詩『終わりなき山河』(一九九六)では、そのヴィジョンはまさに地球規模の神話へと拡大し、深化されているように見える。

山尾三省が『Outdoor』誌(山と溪谷社)に連載していたエッセイ、「ここで暮らす楽しみ」には、まさに一つの場所《プレイス》と巡り合い、その場所の声に深く耳を傾けながら、深くそこに「在る」者の美しい言葉が満ちている。それは場所を離れ、場所を忘れることをよしとして生き、根無し草《デラシネ》の生き方を称揚してきた現代日本の空虚さを撃つ言葉でもある。この日本の詩人の、その場所を深く生きようとする中で紡がれる言葉は、いま広い普遍に到達しようとしているように見える。

二〇世紀の危機を越えていかに在るべきか、いかに生きていくべきか——。
シエラネバダの森の声と屋久島の森の声を読者に伝えながら、二人の詩人は新しい人間像を読者に語りかけ、共に新しい希望を見出そうと読者に呼びかけているように思われるのである。

最後に

これは一九九七年の三月、キットキットディッジーでの二日間にわたるゲーリー・スナイダーと山尾三省の対談の記録である。対談の通訳と一部進行、解説及び注釈は山里勝己が担当し、全体の進行を三島悟氏が担当した。高野建三氏の写真はすばらしいものであるが、特筆されることは、ゲーリー・スナイダーがキットキットディッジーの細部にわたる撮影を許可したことである。これははじめてのことである。

本書には、スナイダーの作品をいくつか挿入した。その中の二、三編は先行訳があり、その訳出にあたっては、サカキ・ナナオ訳『亀の島』(山口書店、一九九一年)と金関寿夫・加藤幸子訳『スナイダー詩集　ノー・ネイチャー』(思潮社、一九九六年)を参考にした。また、書名はゲーリー・スナイダー詩集『亀の島』(サカキ・ナナオ訳)「おお川よ」より抜粋した。

本書は、山と溪谷社の三島悟氏と岡田都氏の情熱から生まれたものである。記して感謝申し上げたい。

本書は一九九八年、山と溪谷社より刊行された。

聖なる地球のつどいかな

二〇一三年四月二五日　第一版第一刷発行

著　者　ゲーリー・スナイダー／山尾三省
編　訳　山里勝己
発行者　石垣雅設
発行所　野草社
東京都文京区本郷二―五―一二　〒一一三―〇〇三三
電話　〇三―三八一五―一七〇一
ファックス　〇三―三八一五―一四二二
静岡県袋井市可睡の杜四―一　〒四三七―〇一二七
電話　〇五三八―四八―七三五一
ファックス　〇五三八―四八―七三五三
発売元　新泉社
東京都文京区本郷二―五―一二
電話　〇三―三八一五―一六六二
ファックス　〇三―三八一五―一四二二
印刷・製本　シナノ

ISBN978-4-7877-1382-7　C0095